Where She Went

她去哪儿了

[美] 盖尔 · 福尔曼——著
张静——译
Gayle Forman

人民文学出版社

著作权合同登记:图字 01-2012-3431 号

Gayle Forman
WHERE SHE WENT

图书在版编目(CIP)数据

她去哪儿了/(美)福尔曼著;张静译.—北京:
人民文学出版社,2012
ISBN 978-7-02-009204-8

Ⅰ.①她… Ⅱ.①福… ②张… Ⅲ.①长篇小说-美
国-现代 Ⅳ.①I712.45

中国版本图书馆 CIP 数据核字(2012)第 094621 号

特约策划:邱小群
责任编辑:马爱农
封面设计:董红红

出版发行 人民文学出版社
社　　址 北京市朝内大街 166 号
邮政编码 100705
网　　址 http://www.rw-cn.com
印　　制 山东德州新华印务有限责任公司
经　　销 全国新华书店等
字　　数 130 千字
开　　本 890×1240 毫米 1/32
印　　张 7.25
印　　数 1—10000
版　　次 2012 年 9 月北京第 1 版
印　　次 2012 年 9 月第 1 次印刷
书　　号 978-7-02-009204-8
定　　价 24.00 元

致读者

亲爱的读者：

人物，说来颇为有趣，他们是你头脑里产生出来的一些想法，不是活人，不会呼吸，不会对你的生活提出什么要求，对不对？但，我也发现，人物也非常像我自己家的小孩：也许我会以为一切都在我的掌握中——我决定何时上床睡觉，我拟定故事大纲——但是，我这是在跟谁开玩笑？

当时，我写完了《如果我留下》，没想过要写系列作品，可是亚当和米娅，他们另有想法，他们一直在我的耳边窃窃私语，让我整晚不能安睡，即便我已经将自己的心思投入另一本我以为自己在写的书(哈哈，我是在讲自己的笑话)。事实是，尽管我给了《如果我留下》一个充满希望的结尾，我给亚当和米娅一个相当坚实的立足点——要是你还没看过第一本书，我要告诉你，是我毁掉了那个结局。虽然，或许这两本书手里都有才算是对悬念最大的破坏。亚当许下了对他们两个都将产生严重后果的承诺。米娅也做出了对他们两个都将产生严重后果的决定。事实最终表明，我的不服管教的孩子们(人物)，他们不愿意只是坐在那里，坐在地狱的边缘。他们在我的脑袋里敲起了鼓。嗨，女士，你让我们经历了那么多，然后就只把我们留在了这里？

《她去哪儿了》是从《如果我留下》中车祸发生三年后讲起，并且换了亚当来讲这个故事。我想要看看，要到何时，何处，尘埃才会落定，乐声才会终止，无条件的真爱会是什么样子。诚心地提醒：不会总是那么好看。要是我告诉你在这本书里没有一个人死去，那也不算我多嘴。但是如果你看《如果我留下》时哭了，那么你可能也会为这本书而在手里攥满了面巾纸。

不，《她去过哪里》不是镇静剂。同《如果我留下》一样，它发生在一天之内，一次重塑人生的机会——这次是亚当——只此一次的赎回。这个故事属于亚当，但在他的每一次呼吸里都有米娅的低语，所以这也是，她的故事。

至于它怎样结束，她去了哪里，他们又将要去哪儿，留待你自己来发现。我能说的就是，四年过去了，亚当和米娅已经不再占据着我的大脑了。现在另有一些爱惹麻烦的家伙搬了进来。

盖尔·福尔曼

献给我的父母：

——说我能做到

可能将有如此的艰难时刻，

受着苦痛的折磨而呻吟着寻求解脱，

将过去一笔勾销的念头在心里徘徊，

或许我会不由自主地出卖你的爱情换取安宁

或者为了食物交出有关今晚的记忆。

也许吧，有可能。但我想我不会

——选自埃德娜·圣文森特·米莱的

《爱情并非全部：它不是酒也不是肉》

一

每天早上醒来我都告诉自己：这不过又是一天，你要熬过去的不过是二十四个小时。我不知道具体是从哪天开始，每天我都要给自己打打气——也不知道为什么会这样。这听起来像是一卷《十二梵歌》，但我似乎绝非平庸之辈，即便你看过他们写的那些关于我的胡编乱造的话，你也会有同感。我现在过的日子，可能有很多人即使卖掉肾脏也要来体验几天。可是，我仍然需要提醒自己一日短暂，自我安慰说既然已经熬过了昨天，那么我也能挨过今天。

今天，在完成自我激励之后，我看了一眼酒店床边柜上摆的极简主义风格的电子钟。时间显示是十一点四十七分，显然还在我个人时区里的黎明时段。不过前台已经打了两次叫醒电话，然后还有我们乐队经理人奥尔德斯的礼貌但决不让步的唠叨。也许吧，今天不过是一天而已，可是它已经满满当当了。

预先的安排是，我要去工作室录制几条终于确定下来的吉他音轨，为了我们新发专辑的网络专享版单曲。一个花招。还是那首歌，配上新的吉他音轨，增加一些声效，它就要多卖一块钱了。“这年头，你们一分一角都要算计到。”贴牌厂的经理们非常乐意提醒我们。

录完音，我要同《无序》杂志派来的记者一起午餐，接受采访。这两件事就像整理书籍那样概括出了我现今的生活：做音乐，是我喜欢的；谈论做音乐，是我讨厌的。可它们是同一枚硬币的正反面。奥尔德斯第二次打来电话，我终于踢开了羽绒被，抓起旁边桌子上的药瓶，里面是一些我神经紧张时服用的抗焦虑片剂。

神经紧张已经是我的常态。我早已习惯了神经紧张。但自从我们在麦迪逊广场花园首演三场拉开了巡演的大幕，我就一直有种异样的感觉。似乎我将要陷入某种更难以摆脱、更痛苦的状态。涡旋。

*有这个词么？*我问自己。

*你是在自说自话，见鬼，谁会在乎？*我回答了自己，吞下几粒药片。我穿上短裤，走到房间门口，那里已经放好了一壶咖啡。是酒店雇员放在那里的，毫无疑问，他们得到过明确的指示不可以打扰我。

我喝过咖啡，穿好衣服，乘坐员工电梯由侧面的出口出去——酒店的客户经理体贴地为我提供了专门的钥匙，这样我就可以避开酒店大堂嘈杂的人群。站在人行道上，纽约蒸腾的空气迎面扑了上来。有些闷热，可是我喜欢湿漉漉的气候。这让我想起雨下个不停的俄勒冈老家，即便是在最热的夏天，头顶上也飘浮着厚厚的白色层积云，它们的阴影提醒你夏日的炎热是短暂的，雨季却永远不会结束。

洛杉矶,我目前的住地,那里很少下雨,是持续的炎热。天气是干热的。人们总是以干燥作为掩饰一切的理由,为那座炎热的、雾气弥漫的城市辩护。“今天可能要华氏一百零七度了,”他们会夸耀说,“可是至少这里的热是干热。”

而纽约是湿热;等我到达十个街区以外一处位于西五十街的荒无人烟的地段上的工作室时,我藏在帽子里的头发都潮湿了。我从口袋里掏出一根香烟,点火的时候手一直在发抖。好像是从去年开始,我经常出现轻微的颤抖。我做过大量的检查,医生们都说只是紧张,别无大碍,建议我试试练瑜伽。

我到工作室的时候,奥尔德斯正站在大门凉篷下等我。他看了看我,看了看我手里的香烟,目光又转移回我的脸上。从他那转来转去的眼神我就能看出来,他是在犹豫要做一个坏警察,还是做一个好警察。我看上去肯定糟透了,因为他选择做一个好警察。

“早上好啊,阳光男孩。”他高高兴兴地说。

“哦? 早上又有什么好事儿?”我尽量像是在讲笑话。

“就技术层面而言,现在已经是下午了。咱们已经晚了。”

我摁灭了香烟。奥尔德斯将他的一只熊掌搭在我的肩上,力度是极不协调的温柔。“我们需要一条《糖》这首歌的吉他音轨,给它添上点不一样的东西,这样粉丝们才会再买一遍。”他笑着摇摇头,音乐已经变成了一门这样的生意。“然后你要同《无序》杂志的记者一起吃午饭,下午五点我们要同乐队其他人一起为《时代》杂志拍摄一组时尚摇滚照片,同唱片公司几个管钱的家伙坐下喝一杯之后,我就要去机场了。明天,你要同企宣部还有产品部门的人开一个时间很短的会。面带微笑就好,不用多说。这些事情完了以后,在飞伦敦之前你就孤单一人了。”

*我孤单一人?同大家在一起时的温馨大家庭相反?*我说。只是在心里对自己说。最近越来越是这样,似乎大多数时间我都是在心里自言自语。心里想的只说一半,这可能也是件好事。

不过这次,我是要真正一个人呆着了。奥尔德斯和乐队其他成员今天晚上就要飞去伦敦。我本来要同他们乘坐同一航班,直到我意识到今天是星期五,十三号,我他妈的再也逃不掉了!这次巡演真的把我吓住了,真的开不起这个玩笑,于是找了借口说我不想在众所周知的倒霉日起飞。所以,我要旅行代理给我预定了晚一天的航班。我们要在伦敦拍摄一段录像,此外还有一大堆媒体发布工作要在欧洲站巡演开始之前完成,所以,看来我并不会错过演出,而只是缺席同录像导演的前期沟通会。我不需要听他讲自己的艺术构思。等拍摄开始,他让我做什么我照做就是。

我跟着奥尔德斯进了工作室,走进录音棚,便只剩下我一个人,还有一排吉他。隔音玻璃外面坐着我们的制作人,斯蒂姆,还有音响工程师。奥尔德斯同他们坐在一起。“好了,亚当,”斯蒂姆说,“只要在过门和副歌部分再加一段音轨。要能抓人,还要让大家更喜欢。我们会在混录的时候把原声加进去。”

“要抓人。要让大家更喜欢。明白了。”我戴上耳机,背上吉他,调音,热身。虽然奥尔德斯几分钟前才说,但我努力不去想,现在感觉似乎我已经是孤单一人了。我站在一间与世隔绝的录音棚里。不要想得太多,我告诉自己。在设备先进的录音棚里做录音就是这种工作方式。问题是,前几天晚上在公园里,在舞台上,在一万八千名粉丝面前,当时站在我身边的是我曾经视为家人的乐队伙伴,可我也有同样的感觉,就像此刻在录音棚里一样孤单。

虽已如此,但也许还会更糟。我开始弹奏,手指敏捷起落,我从椅子里站起来,重击,横扫吉他,使出重拳连续敲打它,直到它发出我想要的尖叫和嘶喊。或者说差不多是我想要的那种尖叫和嘶喊。在这个房间里摆着很多价值上万的吉他,可是它们中没有一把能比得上我的入门级莱斯·保罗①,那把我用了很多年的琴,我背着它录制了我们的第一张专辑,就是那张,你可以评价它愚蠢,也可以说它狂妄,怎么说它都可以,我愿意捐出去做慈善拍卖,后来的这些闪耀而昂贵的替代品在音质上或者感觉上都没有那么好。不过,当我横扫琴弦,乐声轰响,在那么一两秒钟里我做到了忘我地投入。

可是很快就结束了,随后斯蒂姆和录音工程师过来同我握手,祝我一路顺风,奥尔德斯领着我出门,钻进一辆房车,我们要"嗖"一声沿第九大道去苏荷区,那里有家酒店的餐厅被我们的唱

---

① 莱斯·保罗(Les Paul),世界著名吉他品牌。

片公司的企宣选定了，认为它是我们做访谈的好地方。怎么，他们以为在一个奢靡的公共场合我大吼大叫或者出言不逊的几率就会降低吗？我回想起当初的日子，当时一些杂志或者个人为了写博客来采访，他们都是我们的粉丝，大都愿意讲摇滚圈里的行话——谈论的是音乐——他们都想跟乐队的全体成员见面。很多时候，采访都变成了对谈，每个人都大声嚷嚷着自己的观点，嗓门一个高过一个。那时我从不担心，不需要顾忌自己的言辞。可是现在记者们喜欢对我还有乐队的其他成员做单独采访，质问我们，仿佛他们是警察，把我和我的同谋关在单独又毗邻的房间里，想尽办法让我们牵连进来，互相揭发。

进门之前，我想要抽支烟，所以奥尔德斯和我站在酒店外面，正午的阳光刺眼，人越聚越多，他们都假装没有注意其实却在仔细打量想知道到底是不是我。这就是纽约客同世界上其他地方的人的区别。这里同别处一样，人们会为名人疯狂，可是纽约客——或者说至少在我目前所在的苏荷区，这里的居民自认久经世故，特立独行——他们会做出一副很不在乎的样子，虽然他们正在价值三百美金的遮阳镜后面目不转睛地盯着你。紧接着他们露出一副轻蔑的样子，看着一群外地人打破了他们的处世规则冲过来索要签名，最早这么做的是两个穿着密歇根大学校服帽衫的女孩，更让人气恼的是附近那些三两成行的势利鬼，他们看看那些女孩，又转过脸对我施以同情的一瞥。就像是问题只在于这些女孩。

“我们需要把你伪装得更好些了,不羁汉[1]。”女孩们走了以后奥尔德斯这样说,他兴奋地咯咯笑着,并没有焦虑不安。只有他还被允许这样称呼我。在以前这不过是一个很平常的、从我的姓氏维尔德延伸出来的绰号。可是自从那次我差不多算是毁掉了一间酒店客房之后,“不羁·汉”就雷打不动地成了八卦小报对我的代称。

然后,就像是得到了暗号,一位摄影师出现了。不等你站在任何一家高级酒店门口超过三分钟,这一切就会上演。“亚当!布瑞恩在里面?”一张我同布瑞恩的合影的价格是我的单人照片价格的四倍。但在闪光灯一闪之后,奥尔德斯就伸出一只手挡住了那个家伙的镜头,用另一只手遮住了我的脸。

他一边拥着我向里走,一边提供背景信息。“记者名叫凡妮莎·拉格莱德。她不是你讨厌的那种老气横秋的家伙。她很年轻。不比你年轻,但也就二十出头,我想。在进入《无序》杂志之前是博客写手。”

“哪个博客?”我插进来问。除非另有原因,奥尔德斯不会同我讲关于记者们的来龙去脉。

“不太确定。可能是唠叨。”

“哦,艾尔,那是一个下三滥的八卦网站。”

“《无序》可不是什么八卦网站。再说这是封面专题。”

---

① Wilde Man:Wilde是亚当的姓氏维尔德,与wild(意为“狂野不羁的”)非常接近。

“好啊，无所谓。”我说，推开餐厅的门。餐厅里面的布置是玻璃钢结构的矮桌和皮面长沙发椅，像这样的地方我见过不下一百万次了。这些餐厅总以为自己的格调高不可攀，其实它们只不过是些价格翻倍、风格化一些的麦当劳。

“那就是她，角落那张桌子，金发做了几缕挑染，”奥尔德斯说，“她是个小甜妞。不是说你身边就少这种小甜妞。该死，别跟布瑞恩讲我这么说过。好了，当我没说。我就坐在吧台那边。”

奥尔德斯留下来陪我接受采访？这本该是企宣的活，除非我拒绝要企宣陪在左右。肯定是我看上去很不在状态。“你是在看孩子？”我问。

“不是。不过是想到你也许需要后援。”

凡妮莎·拉格莱德颇招人喜爱。或许用火辣来形容更加准确。这都无所谓。由她舔嘴唇和拢头发的姿势我就能看出来，她自己很明白这一点，这使得效果大打折扣。沿手腕向上有一条蛇形的刺青，我敢用我们的白金唱片打赌她的后腰上肯定有文身。绝对错不了。她低头从包袋里翻找录音笔，低腰系带牛仔裤上方露出了一个小小的指向南方的墨色箭头。有品位。

“嗨，亚当，”凡妮莎心照不宣地看着我，仿佛我们本来就是老朋友。“我能坦白告诉你我是你的骨灰级粉丝吗？《间接伤害》曾给过我一个全然崩溃的大二，所以，谢谢你。”她对我微微一笑。

“噢，不用客气。”

“而现在作为回报,我要写一篇极为嚣张的流星乐队专访去轰炸版面。所以,咱们真枪实弹,弄个落花流水吧,怎么样?”

真枪实弹?这些人到底知不知道自己的嘴里往外喷的是什么呀?凡妮莎可能是想让自己显得脸皮很厚,满不在乎,想用这种大大咧咧的坦白赢得我的好感,让我看到她有多真实,可是不管她的葫芦里卖的是什么药,我都不会买账。“好。”我就答了一个字。

侍者过来拿走了菜单。凡妮莎点了一个沙拉,我点了一杯啤酒。她翻着一本鼹鼠皮牌笔记本。“我知道我们要谈的是《阳光吸血鬼》……”她开始提问了。

立刻,我皱了一下眉。那确实是打算谈的话题,也是我来这里的原因。不是来交朋友的,也不是来吐槽的,不过是因为流星乐队的专辑推广也是我工作的一部分。

凡妮莎开始发难了。“我反复听了好几个星期,嗯,我可是一个爱挑剔、很难取悦的女孩哦。”她大笑。在远处,我听见奥尔德斯清了一下喉咙。我看了看他。他的脸上有个巨大无比的假笑,还向我竖起了拇指。他的样子真蠢。我回头看着凡妮莎,勉强地报以微笑。“而现在你们的第二张主要专辑出来了,你们的地位,我想咱们大家都认可,已经牢不可破,我想写出一份权威性的调查。讲述你们从一支情绪硬核乐队发展为萌芽期的煽动性摇滚乐队的过程。”

萌芽期的煽动性摇滚?这种手淫式自我膨胀的解构主义者

论调着实让我感到窝火。就我而言，我写歌：和弦、节拍，还有歌词，包括韵词、桥段和结尾的重复段。但是，当我们玩大了之后，人们开始解剖这些歌，就像生物课上的一只青蛙，要把它搞得除了内脏那些小零碎之外就一点不剩，再也谈不上是一个整体。

我轻微地转动了一下双眼，可是凡妮莎还是盯着自己的笔记本。“我正在听一些偷录的小样，是你刚出道时的东西。它们都那么明亮，相比较而言几乎是甜美的。我也读过了关于你们的所有的文字，每一篇博客，每一篇杂志文章。而几乎每一个人都提到那段所谓的流星乐队的‘黑洞’，可是没有谁真正对它有过深入的探讨。你们当时有单张专辑，表现很好，看你们的姿势是正要打进大联赛，但紧接着是这段低落期。谣言说那时你们解散了。接着是《间接伤害》，于是，砰！”凡妮莎模仿着从她握紧的双拳里发出一场爆炸。

这是一个充满戏剧性的手势，但也没有全错。《间接伤害》是两年前出来的一张专辑，在发行后一个月之内，它的单曲《赋予生命》就闯进了全国榜单并迅速流行。我们曾经开玩笑说你不可能打开收音机超过一小时还听不到它。然后《桥》又闯进了各地的榜单，不久之后，整张专辑都爬上了 iTunes 的冠军宝座，这使得每个县的沃玛特超市都增加了库存，接着它就把碧昂斯①从《公告牌》排行榜第一名的位置赶了下来。有很长一段时间，它好像是

① 碧昂斯·诺里斯(Beyonce Knowles)，流行 R&B 歌手。

年龄段在十二岁到二十四岁之间的每个人的 iPod 里都有的一首歌。就这样，一个月里，我们这支差不多已经被遗忘了的俄勒冈乐队登上了《时代》杂志的封面，被吹捧为“新千年的涅槃[①]”。

但这些都没什么新鲜的。这些都已经被记录过了，一次又一次，广告式催吐，其中也包括《无序》。我拿不准凡妮莎要拿这些干什么。一位侍应生走过来为我们点单，凡妮莎要了色拉，我点了啤酒。

“你知道，似乎大家都十分推崇这个事实——盖斯·艾伦制作了《间接伤害》这张唱片。”

“对，”我说，“盖斯喜欢摇滚。”

凡妮莎小饮一口水。我能听见她的舌环咔哒了一声。“可是那些歌词不是盖斯写的，而它们才是全部魅力的基础所在。是你写的。所有本质的力量和情感。好像有人说《间接伤害》是这十年来最愤怒的专辑。”

“而仔细想想，我们被认为是幸福的。”

凡妮莎抬头看向我，眯起双眼。“我的本意是想恭维。它对很多人都起到了宣泄的作用，包括我。所以这是我的观点。大家都知道在你们那段‘黑洞’时期出了什么事。这早晚都会曝光的，所以为什么要封锁消息？‘间接伤害’指的是谁？”她问，手指在空中打了一对引号。“你们那时出了什么事？你？”

---

① 涅槃乐队（Nirvana），著名摇滚乐队，其成员包括科特·柯本（Kurt Cobain）、克里斯特·诺沃塞利克（Krist Novoselic）和戴夫·格罗尔（Dave Grohl）。

我们的侍应生端来了凡妮莎的沙拉。我点了第二杯啤酒但没有回答她的问题。我一句话也不说，只管低着双眼。因为凡妮莎在一个问题上是对的。我们封锁了消息。开始那段时间，我们一直被问到这个问题而总是回答得很含糊：需要一段时间去寻找属于我们的声音，写我们的歌。但现在乐队已经足够大牌了，我们的企宣列出了一张不可谈及的话题的清单：利兹和萨拉的关系、我和布瑞恩的关系、迈克以前的磕药问题以及流星乐队的“黑洞”。可是凡妮莎显然没有拿到那张备忘录。我瞟了一眼奥尔德斯寻求帮助，可是他正同一位酒吧侍应生聊得火热。后援无望。

“歌名指的是战争，”我说，“我们以前解释过。”

“很好，”她说，眼球转了一圈，“因为你的歌词是那么政治化。”

凡妮莎用她那双大大的婴儿般蓝色的眼睛盯着我。这是记者的技巧：制造一段尴尬的沉默，等着你的采访对象倾诉心声来填充这段沉默。可是，这招对我不起作用。谁盯着我看也没赢过。

凡妮莎的眼神突然变得冷酷、强硬。她猛然收回了自己快活、调皮、略带轻浮的人格面具，将它甩至背后，以不可抵挡的野心逼视着我。她显得极为饥渴，但这是一项进步，因为至少她露出了自己的本来面目。“到底发生了什么，亚当？我知道这背后有故事，流星乐队的故事，我想要做那个讲出故事的人。是什么让这支独立流行乐队变成了极为重要的摇滚奇迹?”

像是胃受了一记恶狠狠的冷拳。“生活总是充满奇迹。而且我们花了好长一阵子才写出新歌——”

“是你花了一阵子,”凡妮莎打断了我,“最近这几张专辑都是你写的。”

我耸耸肩。

“说说吧,亚当!《间接伤害》是你的专辑。它是杰作。你应该为它感到骄傲。而我刚知道了这张专辑背后的故事,你们乐队背后的故事,也是你的故事。一个如此巨大的转变,从协力合作的独立音乐四人小分队到一座明星驱动的情绪朋克发电站——这全都靠你。我的意思是说,是你拿到了格莱美的最佳歌曲奖。有何感想?”

有个屁感想。“提醒一下,怕你忘了,我们乐队全体赢得了‘最佳新艺术家’奖。那还是一年前。”

她点点头。“听我说,我并没有试图无视任何人或者重新撕开伤疤。我只是想理解这个转变。音效上,歌词上,乐队的力度上。”她给我一个表情,意思是她全明白。“所有的迹象都指向你,你是催化剂。”

“没有催化剂这回事。我们只是对自己的音乐不停地修修补补。一直都是这样的嘛。就像迪伦转向电声。就像莉兹·菲尔[①]

① 莉兹·菲尔(Liz Phair),二十世纪九十年代出道的摇滚女歌手,后来转入流行音乐。

转向流行。但每当事情同大家预想的不一样，大家就好像要抓狂。”

“我知道事情还不止这些。”凡妮莎继续说，她把桌子向前一推，很用力地一推，桌边甚至挤进了我的肚子，我不得不在现实中把它推回去。

“哦，显然你有你自己的一套想法，所以不管真相是什么你都听不进去的。”

她的眼睛眨了眨，我想我已经把她惹恼了，但她随即举起双手，像是投降了。她的指甲被咬得很短。“那么，你想知道我的想法吗？”她刻意放慢语速。

并无特别兴趣。“讲来听听。”

“我跟你的一些高中同学谈过。”

我觉得自己像是全身都被冻住了，软组织变得比铅还要沉重。我需要极其专心，小心翼翼才将杯子举到嘴边，假装喝了一小口。

“我以前没想到你同米娅·豪尔是在同一所高中，”她的语气很轻松，“你认识她吧？提琴家。她在那个领域正开始走红，或者该说是在古典音乐界声名鹊起，也许该说走红。”

我手里的杯子在抖。我不得不伸出另外那只手，双手协作将杯子放低，不然，我就要把杯子里的酒全都泼在自己身上。所有知道当时实情的人都不会说的，我提醒自己，谣言，即便是真相，也像火焰一样：压住氧气，然后它们就会噼啪乱响一阵，然后熄灭。

“我们的高中有非常好的艺术课程。某种意义上，可以称作是艺术家的摇篮。”我解释说。

“有道理，”凡妮莎点点头，“有很含糊的小道消息说你和米娅在高中时是一对。这很有意思，因为我从未在任何地方读到过相关的报道，而这显然很有新闻价值。”

我的眼前闪过米娅的样子。十七岁的她，那双黑眼睛，那双充满了爱的黑眼睛，然后是热情、恐惧、音乐、性、奇迹，还有悲痛。她冷冰冰的小手。我自己的冰冷的手，还有握在手里的那杯冰水。

“如果这是真的，当然很有新闻价值。”我说，迫使自己语气平静。我吞下一大口水，招手示意侍应生再来一杯啤酒。这是第三杯了，算是我这顿液体午餐的餐后甜点。

“那么，没这回事儿？”能听出来她很怀疑。

“想得很美，”我回答说，“我们在学校里也不过是偶尔打过几次交道。”

“是，我没找到有谁真的同时认识你们俩来确证这件事。不过我拿到了一册很老的校友年刊，上面有一张你们两个的甜蜜照片。你们看上去很像是一对。事实是，照片上也没有名字，只有一个标题。所以，除非事先知道米娅长什么样，不然很容易就忽略过去了。”

多谢你了，金·沙因，米娅最好的朋友，年刊女王，狗仔队。

当时我们不想让他们用那张照片，可是金背着我们把它贴了上去，没在上面列出我们的名字，只有那两个很傻的绰号。

“超帅和阿呆？”凡妮莎问，“你们甚至都有联名的绰号。”

“现在连高中年刊都成为你的消息源了？接下来是什么？维基百科？”

“你很难算得上可靠的消息源。你还说你们只是‘偶尔打过几次交道’。”

“看，事实是我们可能勾搭过几个星期，就在拍照片那段时间。可是，嗨，我在高中期间约会过的女孩子可不算少哦。”我冲她做了一个我能做出的最像花花公子的假笑。

“那么你离校后就再也没见过她？”

“从她离开去上大学以后就没有。”我说，至少，这句话说的是实情。

“那么怎么会是这样：我采访乐队的其他成员提到她时，他们的反应都是无话可说？”她问，严厉地看着我。

因为不管我们之间出了什么问题，在那些事情上我们仍然对彼此忠诚。我强迫自己大声说出来：“因为，这件事没什么好说的，我想，像你们这种人会喜欢做肥皂剧剧情一样的假设，你知道的，比如说来自同一所高中的著名音乐人是一对恋人。”

“像我这样的人？”凡妮莎问。

秃鹫。吸血鬼。灵魂窃贼。“记者，”我说，“你们总是对神话充满偏爱。”

“哦,谁又不是呢?”凡妮莎说,“尽管那个女人的经历倒真是一个神话。她在一场车祸中失去了她的全家。”

凡妮莎不无嘲弄地抖了抖,正是那种当你谈及某人的不幸,而它与你无关,并且这不幸没有也永远不会触动你时那种样子。活到现在,我从没跟女人动手,可是有那么一分钟我真想一拳揍在她的脸上,让她也尝尝被她轻描淡写的痛苦的滋味。但是我忍住了。于是她接着说,毫无头绪。“说到神话,你和布瑞恩·施瑞德有孩子了?我最近总在各类小报的‘大肚观察’栏看到她。”

“没有,”我答道,“就我所知不是这样。”我敢打赌凡妮莎肯定知道布瑞恩属于禁止谈论的话题,但如果谈论布瑞恩的疑似怀孕能够分散她的注意力,那么我会配合的。

“就你所知不是这样?你们两个还在一起,是吗?”

天哪,她眼里的饥渴。就她谈到的那些确切的调查报道,还有她所有的调研技巧来说,她同所有那些受雇写手和偷拍狗仔队没什么两样,迫不及待地想要端出一则独家的特大新闻,或者是出生:亚当和布瑞恩将要有一对双胞胎吗?或者是死亡:布瑞恩对她的不羁·汉说:两清了!没一个故事是真的,可是有几个星期,我看到它们同时成为不同的八卦小报的封面报道。

我想到布瑞恩和我在洛杉矶共有的那栋房子。或者该说是一起住。我不记得我们两个连续在一起的时间超过一个星期是什么时候的事情了。她一年要拍两到三部电影,还刚刚成立了自己的制片公司。所以,她不是在拍电影、做宣传,就是在为下一部电影落实投资，而我不是在录音棚就是在巡演路上，我们的行程好像总是反着的。

“是的，我和布瑞恩仍然在一起，”我告诉凡妮莎，“而且她没有怀孕。只是这些天来她经常穿套头衫，所以大家以为她是在遮盖肚子。其实不是。”

说实话，有时我会想布瑞恩是不是有意穿这些套头衫，招来“大肚观察”栏的关注，以此作为冒险的一种方式。她是真心想要一个孩子。公开的资料中布瑞恩是二十四岁，实际上她已经二十八岁了，她说她要抓紧时间了，等等。可是我才二十一岁，和布瑞恩在一起只有一年。我不在乎布瑞恩说我有一颗老年人的心，而且像是已经把一辈子都活完了。即便我现在是四十一岁，布瑞恩和我刚刚庆祝了我们在一起的二十周年，我也不会想要同她生孩子。

“你巡演中她会去探班吗？”

只要一提到这场巡演，我就感觉自己的喉咙被堵住了。六十七个夜晚的巡演。六十七。我在心里拍了拍我的药瓶，它还在，这让我镇定多了，但我还没有笨到在凡妮莎面前吞一片的程度。

“啊？”

“布瑞恩到底会不会去巡演现场看你？”

我想象了一下布瑞恩加入巡演的样子，带着她的造型师团队、她的普拉提教练团队，还有她最新一版的自然食物饮食单。“或许。”

“你喜欢住在洛杉矶吗?”凡妮莎问,“你看上去不太有加州佬的样子。”

“那里是干热。”我答说。

“什么?”

“没什么,一个笑话。”

“哦,好吧。”凡妮莎用怀疑的眼光看了看我。我早就不再看关于自己的报道了,不过以前我还看的时候,经常会读到像难以理解之类的词,还有傲慢自大。我在大家眼里真的是这种样子吗?

谢天谢地,采访结束了。她合上笔记本,招手买单。我撞见奥尔德斯这才放下心来的目光,便冲他表示我们已经在收拾东西准备离开了。

“同你的见面很愉快,亚当。”她说。

“哦,你也是。”我撒谎说。

“我得说,你是个谜。”她微笑着,嘴里的牙齿闪着不自然的白光。“不过,我喜欢猜谜。比如你的歌词,《间接伤害》里的那些晦涩阴暗的意境。还有新专辑里的歌词,也很含糊。你知道有些乐评人质疑《阳光吸血鬼》在强度上是否能与《间接伤害》相提并论……”

我明白这是要说什么。以前不是没听过。记者们就爱这么干。用别的乐评人的观点来间接地表明他们自己的观点。而且我知道她真正想问的是什么,虽然她自己倒未必明了这一点:源自你最悲惨的失去，你创造出了唯一真正有价值的东西，这是什么滋味？

突然，我再也无法忍受了。布瑞恩和“大肚观察”。凡妮莎，还有我的高中年刊。这种想法——没有任何东西是值得尊重的。所有的东西都不过是素材。我的生活属于任何人，但就是不属于我。六十七个夜晚。六十七，六十七。我将桌子向前用力一推，盛满了水和啤酒的杯子都哗啦一下滚翻在她的膝盖上。

“怎么回事——”

“采访结束了。”我吼道。

“我知道，你对我发什么无名火啊？”

“因为你一文不值，就是一只秃鹫！这些他妈的跟音乐一点关系没有。你这是在把所有的事情咬烂。”

凡妮莎的双眼兴奋地闪烁，手忙脚乱地抓出她的录音笔。她还来不及重新打开，我就一把抓了过来，把它摔在桌上，摔成了几片，随即又浇了一杯水上去，一劳永逸。我的手在抖，我的心怦怦乱跳，我有预感自己马上就要开始心慌，那种让我相信自己就要死了的心慌。

“你在干什么？”凡妮莎尖叫起来，“我没有备份。”

“很好。”

“那现在我的文章怎么写？”

“在你眼里那也算是文章？”

“对。我们这些人必须要上班挣钱生活，你这个喜怒无常小题大做的傻×——”

“亚当！”奥尔德斯站到我身边，将三张一百元的钞票放在桌上。“买个新的。”他对凡妮莎说，然后拉着我走出餐馆，进了一辆出租车。他躲着我的打火机，扔给司机一张百元钞票。奥尔德斯把手伸进我的口袋，抓到了我的药瓶，他倒了一粒在手上，说：“张嘴。”像个脾气暴躁的母亲。

他一直等着，等到距离我的酒店只有几个街区，等到我一口气抽完了两根香烟，吞了又一片抗焦虑药片。“到底怎么啦？”

我跟他说了。她提到“黑洞”。还有布瑞恩。米娅。

“别担心。我可以给《无序》打电话，威胁他们说如果不另派记者来，就推掉他们的独家专访。可能这个会在小报和唠叨网流传几天，不过也不算什么事。会很快过去的。”

奥尔德斯讲这些话的时候很冷静，像是说，嗨，不过是摇滚而已嘛，但我能看出他眼神里的忧虑。

“我做不到，奥尔德斯。”

“别为这个担心，你用不着。一篇文章而已。会处理好的。”

“不单是这个。我做不到。什么也做不到。”

奥尔德斯，可能他从跟着史密斯飞船乐队①巡演到现在就只安睡过一夜，却从不允许自己哪怕有几秒钟露出疲惫的样子。很快，他调整回经理人的状态。“你只是巡演前紧张过度。大家都

① 史密斯飞船乐队（Aerosmith），二十世纪七十年代最受欢迎的摇滚乐队之一，活跃至今。

这样的，”他安慰我，“等你上了路，面对乌压压的人群，开始感受到爱、肾上腺素、音乐，你就充满活力了。我是说，肯定了，你会焦头烂额的，但会焦头烂额地很开心。然后等到十一月，一切都结束了，你可以溜出去，去一座小岛，那里没有人会认识你，不管是他妈的流星乐队，还是疯子亚当·维尔德，都没人在意。”

十一月？现在才八月。还有三个月。而巡演有六十七个夜晚。六十七。我在脑子里不断地重复，就像这是一句梵语，只是它的作用与梵语预期的作用恰恰相反。它让我想猛抓一把自己的头发，攥在手里。

我该怎么跟奥尔德斯讲，我该怎么告诉他们，说音乐、肾上腺素、*那种爱*，所有这些将困难变得不再困难的事物都已经一去不回，剩下来的只有漩涡，而我现在正处于漩涡的顶点？

我全身都在发抖。我在失去它。或许一天只是二十四小时，可是有些时候仍然像是不可能熬过去，就像不可能熬过缩小版的永恒。

二

针与线，肉与骨
唾液与肌肉，心碎是家
你的缝合线闪耀如钻石
明亮的星星照亮我的禁闭。
——《缝合》，《间接伤害》第七首

奥尔德斯在饭店门口放下我。“听我说，老兄。我想你需要时间冷静一下。所以，听着，由我来处理今天余下的事务，你明天的会也取消了。你到伦敦的飞机要晚上七点才起飞。所以你只要五点以前赶到机场就可以了。”他看了一眼手机，“有二十四个小时之多，你想做什么就做什么吧。我向你保证，你会感觉好很多。自在些。”

奥尔德斯看着我，脸上的表情是审慎的关切。他是我的朋友，但同时我也是他的责任。“我会改签我的航班，”他开口说，“明天我陪你飞。”

心底的感激让我自己都觉得发窘。跟乐队一起飞头等舱也没什么了不起的。我们都会塞上耳塞听自己奢华版的随身听,可是至少同他们一起,我就不是孤身一人。要是我一个人坐飞机,谁知道身边会是什么样的乘客?有一次,我坐在了一个日本商人旁边,整整十个小时的旅程,他不停地跟我说话。当时我很想换座位,但又不想被人看作是那种总要求换座位的玩摇滚的事儿妈,所以我坐在那儿,频频点头,虽然他说的话几乎有一半我都听不懂。但更糟糕的是我真的要一个人作长途飞行。

我知道伦敦有很多事等着奥尔德斯去处理。更加中肯地说,缺席明天上午同乐队其他人以及导演的见面会也将是一场小地震。可是,不管怎样了。现在是毛病太多都没法挑了。再说,也没人会怪奥尔德斯,他们都会算到我头上。

所以,让奥尔德斯在纽约多呆一天是一个非常非常过分的要求。但我还是接受了他的提议,正如我好像完全无视他的慷慨,只是咕哝了一声,“好吧。”

“这就对了。你也冷静一下。我不管你了,连电话也不打了。要我到这里来接你还是在机场碰头?”乐队其他人都住在市内。自从上次巡演结束,我们就养成了不住在同一家酒店的习惯,而奥尔德斯则像外交使臣一样轮换着住在他们的酒店和我的酒店。这次他同他们住一起。

“机场,我在大厅跟你碰头。”我对他说。

“那么,好了。我四点钟给你叫车。在那之前,好好冷静一下。”他拉了一下我的手,做姿势抱了我一下,就回到了出租车里,一头扑向他的下一项事务：可能是去修补今天被撞坏的防护线。

我转到后面的员工入口，回到自己的房间。我冲了个澡，想再接着睡会儿。可是最近，虽然有装满了精神辅助类药片的药柜，睡眠却总有办法躲开我。从十八层楼的窗口，我看到这座城市正沐浴在午后温暖灿烂的阳光里，纽约也有了一点惬意的感觉，但套房内却像幽闭症病人的房间那样可怕，并且闷热。我换上一条干净的黑裤子，还有我的幸运黑色 T 恤衫。我本来想留着这件衣服明天启程时穿，但我觉得自己现在就非常需要一点运气，所以只好让它连值两天班了。

我打开我的 iPhone，有五十九封新邮件，还有十七条语音留言，其中有一些来自现在肯定已经被惹火了的唱片公司企宣，还有一些是布瑞恩的，问录音和采访进行得怎么样。我可以打回给她，可是该说什么？如果我告诉她有关同凡妮莎·拉格莱德的遭遇，她会为我没能在一位记者面前保持住自己的“公众形象”而更加沮丧。她努力训练我改掉那些坏习惯。她说，每一次我在媒体面前失态，都只会更加吊起他们的胃口。“对他们做出一副呆板的公众形象，亚当，他们就不会再写那么多关于你的事情了。”她一直这样建议我。事实是，我有感觉，如果我将那些让我再也坐不住的问题告诉布瑞恩，很可能她也会把持不住她的公众形象。

我想到奥尔德斯所说的摆脱一切，然后我就关掉了手机，把它扔到床头桌上。随即，我抓起我的帽子、墨镜，还有钱包就走出了门。我拐进哥伦布镇，向着中央公园走。一辆消防车呼啸着从我身边开过去，鸣响了警笛。抓牢你的脑袋不然挂掉也很快。我都不记得这句儿歌还是格言之类的话是从哪里学会的，但它要求你听到警笛就抓好自己的脑袋，不然下次警笛可能就是为你而响。但我知道在我开始照做的时候，它就已经变成了我后天养成的习惯。不过，在曼哈顿这样的地方，警笛总是此起彼伏，如果一直恪守这条规则，人很快就会崩溃。

现在已经接近黄昏，炎热已经褪去了，大家好像达成了现在出来很安全的共识，到处都挤满了人：散坐在草地上野餐，推着轻便婴儿车走在小道上，在长有睡莲的湖里划着小船。

我喜欢看着人们自由自在地生活，可这也让我觉得自己暴露了。我不知道别的公众人物是怎么应对的。有时我也看到布拉德·皮特同他那帮孩子在中央公园里的照片，荡秋千之类的，显然，有狗仔队在跟踪他，可是他仍然显得像是在享受同家人在一起的正常的一天。也可能并不是这样。有时照片非常有欺骗性。

心里想着这些，从正享受着夏日傍晚的人们身边走过，我开始有种感觉，觉得自己成了一个移动的目标，尽管我已经拉低了帽檐，还戴着墨镜，布瑞恩也没跟我在一起。当布瑞恩和我一起出现时，想要飞低点躲过雷达就成了不可能完成的任务。我被这种偏执狂妄想魇住了，不是害怕被拍照或者被一群狗仔摄影师围堵——这些也是我此刻真的不想面对的——而是担心被嘲笑为整座公园里唯一一个孤单的人，尽管情况显然并非如此。可是我仍然觉得随时都会有人对我指指点点，取笑一番。

上帝啊，怎么变成这样了？我现在就是这副样子？一个行走中的矛盾？我被人们簇拥着却感到孤独。我哭喊着想要一点正常的生活，现在我有了一点，却好像不知道该拿它怎么办，不知道该怎么做一个正常人。

我朝着刺莓林漫步走去，在那里唯一可能撞到的都是不想被找到的人。我买了几只热狗，几口就吞了下去，这时我才意识到自己一整天都没吃东西了，这让我又想起了午餐——还有凡妮莎·拉格莱德的崩溃。

当时是怎么啦？我是说，在记者圈里你早就以脾气坏名声在外，可是那也太不成熟了。我告诉自己。

我真的是太累了。我辩解说。搜刮过度。这时我想起巡演，这就像是我旁边的青苔地面打开了，开始飞转。

六十七个夜晚。我努力让自己镇定。六十七个夜晚不算什么。我想要把这个数除开，把它打散，通过某种方式让它变小，可是没有一个数字能够除尽六十七。所以我把它掰开。十四个国家，三十九座城市，要在巡演车上度过几百个小时。可是数学唯一的作用是让漩涡转得更快，我开始眼冒金星。我抓住树干，把脑袋靠在树皮上，这让我想起了俄勒冈，似乎这帮助大地接近了它在正常时空中的存在。

我不禁想起在少年时候，我读到过的那些内爆的艺术家——

莫里森、乔普林、柯本、亨得利希[1]。他们让我恶心。他们得到自己想要的，然后他们怎么做了？使自己泯灭。或者一枪崩掉自己的脑袋。真是一群傻×。

那么，好好看看你自己现在的样子。你还不是瘾君子，但你也好不了多少。

要是我能够，我愿意改变，可是这么长时间以来，命令自己住嘴，接受现在的生活并没有任何帮助。如果我身边的人知道了我的感受，他们会笑我。不，这也不是事实。布瑞恩不会笑，她会非常困惑，不明白为什么我无力享受自己经过那么久的拼搏才得到的成就。

可是，我拼搏过吗？我的家人是这么猜想的，还有布瑞恩、乐队其他人——好吧，至少以前他们是这么想的——现在这些都是我应得的，名气和财富都是回报。我自己从不相信这一点。业报不是银行，存进去，取出来。但一日重于一日，我开始对这些心存敬畏，这是某些事情的回报，只是并非善报。

我伸手去找香烟，可是烟盒空了。我站起来，拍拍牛仔裤上的土，向公园外面走去。太阳开始西落，光辉灿烂浑圆的落日斜在哈德逊河上，只留下绯红与紫色相间的条纹如拼贴画一般布满天空。真的很美，有那么几分钟我要努力克制才没有发出赞叹。

我向南转向第七大道，在一个售货亭停下，买了包香烟，然后

---

① 英文原名依次为：Jim Morrison、Janis Joplin、Kurt Cobain、James Marshall Hendrix，都是英年早逝的天才摇滚音乐人。

向城里走去。我想回酒店，叫客房服务，也许能早点睡着一次。卡耐基音乐厅外面不断有出租车停过来，放下那些今天晚上来看演出的人。一位戴满珍珠首饰的老太太踩着高跟鞋蹒跚地下了出租车，她穿着礼服，已经有些驼背的同伴挽着她的上臂。看着他们这样步履蹒跚的样子，我觉得胸口突然一颤。看看日落，我告诉自己，看看那些美好的事物。但等我再抬头看向天空时，条纹状的云已经转暗变成了淤青的颜色。

小题大做，喜怒无常，傻×。那个记者是这么骂我的。她可真是个东西，但就这几点来说，她说得也对。

我收回了目光，这时，我看到了她的眼睛。不是我一直以来看到的——我在每一个角落里都看到它们，每一天的开始，我闭上眼它们就会在我的视野里出现。不像是以前，我躺在别的女孩身上看着她们的眼睛想着它们的样子。不是，这次真的是她的双眼。一张她的照片，一身黑衣，一把大提琴靠在她的肩上，提琴像是一个累坏了的孩子。她梳了发髻，似乎这是成为古典音乐家的必备条件之一。她以前也会把头发梳起来，在独奏或者室内音乐会的时候，却总会留下几缕散着，冲淡严肃的轮廓。但这张照片里没有垂下的发绺，我靠近了看海报。青年音乐家系列推出米娅·豪尔。

几个月前，利兹打破了关于米娅的一切都不许提的禁令，给我寄了一份《关于我们的一切》杂志的剪报。我想你该看看这个。她在一张帖纸上潦草写了这么一句。那是一篇名为“二十岁以下的二十人”，为这一代人中“前途最远大青年”所作的专题报道。有一页是讲米娅，包括一张我几乎不敢注目的照片，还有关于她的文章。做了几次深呼吸之后，我只敢粗略浏览了一遍。那篇报道称她为“马友友的确定继承人”。尽管很紧张，我还是笑了。米娅以前总说对大提琴毫无概念的人才会说某某提琴家是下一个马友友，因为他们只知道有他。“那杰奎琳·杜·普雷呢？”她总这样问，提到她自己的偶像，一位天赋极高、脾气暴躁、二十八岁时罹患多发性硬化症并在十五年后去世的提琴家。

《关于我们的一切》杂志的文章称米娅的演奏是“属于另一世界的”，然后非常详细地讲述了三年前那场使她的父母和弟弟丧生的车祸。这让我非常吃惊。米娅不是那种靠谈论这些来猎取人们同情心的人。不过，在我设法使自己镇定下来再粗略看了一遍之后，我发现这是一篇从很多旧报纸上摘抄来的拼凑的报道，没有一句话是米娅自己亲口讲的。

这张剪报我保留了一段日子，不时拿出来看一眼。放一件这样的东西在钱包里感觉就像是随身带着一小瓶钚。如果布瑞恩发现我留着一篇关于米娅的文章，肯定会引发各种形式的核爆炸。所以，一段时间后，我就把它扔掉了，同时也强迫自己忘掉它。

现在，我努力回想那些细节，回想它有没有讲过米娅要离开茱莉亚音乐学院或者说她要到卡耐基音乐厅进行独奏演出。

我再一次抬起头。她的眼睛还在，仍在凝视着我。就像对这个世界我所了解的其他事情一样肯定,我知道她的演出就在今晚。甚至早在看到那张海报上的日期,看到演出时间在八月十三日之前,我就确知了这一点。

在我知道自己在做什么之前,在我内心挣扎着要自己退出之前,在理智地认识到这是一个多么可怕的想法之前,我走到售票处。我不想见她。我告诉自己。我不会见她。我只想听到她。售票处的告示是票已经售空。我可以表明自己的身份或者打电话给酒店的前台或者给奥尔德斯,这样或许可以拿到票,可是相反,我打算碰碰运气。我像一位无名氏那样站在窗口,一位没有穿正式礼服的年轻人,问还有没有余票。

"实际上,我们正好放出了一些预留票。我有一张后面的包厢座位,侧边。视角不是很理想,但只有这个了。"玻璃窗后面的女孩告诉我。

"我不是来看的。"我回答说。

"我也一直是这个想法。"女孩说,她笑了。"不过在这种事情上总是一千个人有一千种偏好。二十五块钱。"

我刷了信用卡,然后走进清凉、阴暗的剧院。我滑进自己的座位,闭上眼睛,想起我上次在这样舒适的地方听提琴音乐会。那是五年前,我们的第一次约会。就像那天晚上一样,我感到预料之中的狂乱的激动,尽管我知道这次同那晚不同,今晚我不会吻她。甚至不会碰她。甚至不会近距离看到她。

今晚,我只会倾听。这就够了。

三

四天后，米娅醒了过来，可是我们直到第六天才告诉她。这不重要，因为她就像是已经知道了。我们坐在重症监护室里，坐在她的病床边，是她沉默寡言的祖父抽中了下签，我猜，因为是他讲了那些消息，关于她的父母亲凯特和丹尼，在车祸发生后当场身亡，而她被送到了这里。她的弟弟，泰迪，死在当地医院的急救室，最早他和米娅都被送到了那里，然后米娅被用直升机送到了波特兰。没有人知道车祸的原因。米娅还记得当时的情形吗？

米娅躺在那里，眨着眼睛，抓着我的手，指甲深深地陷进我的手里就像是她永远不会放手。她摇摇头，安静地说，“不，不，不，”一遍又一遍，可是没有眼泪，我不确定她是在回答她祖父的问题，还是否认这整个现实。不！

但是，随后志愿者走了进来，以非常实际的方式接管了一切。她对米娅讲了到现在为止她做过的手术，“治疗类选，真的，只是为了让你稳定下来，而且你表现得非常好，”然后又提到了接下来的几个月里她要面对的手术：首先是要用金属杆重新安置固定左腿的手术。然后大概一周之后是再一次手术，要从她没有受伤的那条腿上进行取皮。再做植皮手术到那条搞坏的腿上。这两床手术,很不幸,会留下一些“不整齐的伤疤”。但是,至少,她脸上的伤口,通过整容手术会在一年之后完全消除。“等你做完了所有这些别无二选的外科手术,如果没有任何并发症——脾脏切除手术没有感染,没有肺炎,你的肺也没有问题——我们就可以安排你出院,转去康复中心了。”志愿者说,“身体上的、职业上的、表达能力上的等任何你需要的辅助治疗。关于你的现状我们这几天就能做出评估。”这一串冗长的陈述我听着有些头晕,可是米娅好像每个词都听进去了,相比于她家人的消息,她好像对自己的手术细节更加关心。

那天下午晚些时候,志愿者把我们带到一边。我们——米娅的祖父母和我——一直很担心米娅的反应,担心她的没有反应。我们预想的是会有尖叫、撕扯头发,一些爆发性的、能够匹配这些消息的恐怖程度,匹配我们自己的悲伤的举动。而米娅怪诞的平静让我们想到了同一件事:脑损伤。

“不,不是。”志愿者很快安慰我们,“大脑是一个非常脆弱的器官,可能某些特定的区域被伤到了,而我们还不知道。不过年轻人的复原能力非常强,现在她的神经科大夫也非常乐观。她的控制中枢非常好。她的语言功能应该也没有受到损害。她的右侧还很弱,她的平衡能力很差。如果这些就是她脑部受损的症状的话,她是幸运的。”

我们全都怕了那个词了。*幸运*。可是志愿者看着我们的脸,“*非常*幸运,因为所有这些症状都是可逆的,”她说,手指着重症监护室,“对于如此严重的心理创伤,这是很典型的反应。大脑只能应对这么多了,所以它会每次都过滤掉一点,要慢慢消化。她会接受全部事实的,但她需要帮助。”然后她告诉了我们悲伤的几个阶段,塞给我们一大堆关于创伤后心理压力失调的小册子,还介绍了医院里的一位悲痛心理咨询师让米娅去看门诊。“也许你们也该去试一下。”她还说。

我们没在意她说的。米娅的祖父母不是那类会找心理咨询师的人。至于我,我担心的是米娅的复原,不是我自己的。

下一轮手术几乎是马上就开始了,我觉得这很残忍。米娅才从生死边缘回来,刚听说她的家人都死了,现在就又要动手术挨刀子。他们就不能让这个女孩先休息一会儿吗？可是志愿者解释说米娅的腿越是能尽早治疗,米娅也就越早能开始走动,这样她的复原也才能越早真正开始。所以她的大腿骨打着钉子,取皮手术就做了。速度快得让我都喘不过气来,她从医院里被打发出来,转去康复中心了。康复中心的样子就像是一座复合公寓大楼,楼外地面上的通道上画着急救十字,米娅到那里的时候,春天的花朵刚刚盛开。

她在那里待了还不到一周——下定决心的、牙齿打颤的可怕的一周,然后信到了。

茱莉亚音乐学院。之前,它对我曾是那么意义重大。一个预料中的结局。为之自豪。也是我的竞争对手。接着我就把它忘了。我以为我们都忘了。可是生活在米娅的康复中心之外旋转前进，在这个世界之外的某个地方，另一个米娅——那个双亲健在、有弟弟、有完整健康身体的米娅——仍然存在。而在那个世界里，几位考官听了米娅在几个月前的演奏，继续处理她的入学申请，经过这样那样的程序，终于做出了最后的论断，而现在最后的论断就在我们面前。米娅的祖母紧张得不敢打开信封，所以她等着我和米娅的祖父到了之后，用一柄珠母贝的拆信刀割开了信封。

米娅被录取了。难道有谁怀疑过吗？

我们都认为入学通知对她是件好事，是在阴冷黯淡的地平线上升起的灿烂的亮点。

“我已经同主管入学的院长谈过了，跟他解释了你现在的情况，他们说你可以推迟一年入学，如果需要两年也行。”米娅的祖母说，她给米娅讲了这个消息，还有学校在通知入学的同时给的慷慨的奖学金。实际上，茱莉亚学院也建议过推迟，他们不确定米娅要是选择正常入学，还能不能跟得上学院各项严格的标准。

“不。”在康复中心再普通不过的压抑的房间里，米娅的嗓音生硬呆板，车祸之后她的嗓音就变得这样。我们都不敢说这是感情上巨大创痛的后遗症，还是米娅现在就变成了这个样子，这是她新的大脑复原后的说话方式。虽然志愿者一直在向我们保证，安慰我们，虽然她的临床评估报告表明她在康复，我们还是很担心。每次离开她之后，我们都会语气焦急地商量这些事，我只能留下她自己一个人过夜，因为我不能自欺欺人地留下来。

“嗯,别太着急做决定,”她祖母回答说,“也许过一两年你对世界的看法就不一样了。到时候你可能又想去了。”

米娅的祖母以为她是拒绝了茱莉亚。但我更了解她。我更了解米娅。她是在拒绝延期。

米娅的祖母同她争辩过。离九月份只有五个月了。太紧迫了。她说的有道理。米娅的一条腿还打着石膏,她刚开始试着走路。她的右手还一点力气也没有,连瓶子都打不开,还经常会想不起很日常的东西叫什么,比如说剪刀。所有这些症状,治疗师说都是预料中的,可能要延续——很长一段时间。五个月?那可是转眼就到了。

那天下午米娅要她的大提琴。她的祖父皱了皱眉,担心这是在做蠢事,对她的康复是节外生枝。可是我从椅子里蹦起来,钻进车里,在日落之前拿着那把大提琴回来了。

在这之后,提琴就成了她的治疗:身体上、情感上、心智上的治疗。医师们都对米娅上半身的力量感到惊讶——她以前的音乐家教克里斯蒂教授曾经叫她是“提琴骨架子”,宽肩膀,强健有力的肌肉——而就是通过拉琴她找回了自己的力量,她的右手不再柔弱,伤腿也变得有劲儿了。对头晕也有减缓作用。米娅拉琴的时候会闭上眼,她说这样,同时双脚站在地上,对她找回平衡很有帮助。通过拉琴,米娅在日常对话中会掩饰的缺陷暴露了。如果她想要可乐,可是忘记了该怎么说它,她就会掩饰过去,改要橙汁。可是拉琴,她就必须面对这个事实,她还记得几个月前一直在练习的巴赫组曲，可是小时候练习的那些简单的练习曲，她一点都想不起来了，尽管有一次，每星期都过来一次陪她练习的克里斯蒂教授来了，给她演示了一次，她马上就想起来了。这也给语言医疗师和神经学家提供了线索，有助于他们摸清她哪些大脑组织受到了损伤，然后相应地调整他们的治疗方案。

但更大程度上，提琴改善了她的情绪。这让她每天都有事情做。她不再只是反复地讲那几段单调的话，听她说话像是以前的米娅回来了，至少她开始谈论音乐。她的治疗师调整了她的康复治疗方案，允许她每天用更多的时间练习拉琴。“我们并不真正了解音乐是怎样帮助大脑恢复的，”有天下午，她的神经医师中的一位跟我说，他刚听过米娅在公共休息室为病人们的演奏，“但我们知道它有效果。看米娅就知道。”

四个星期之后，她从康复中心出院了，比原计划的提前了两星期。她能扶着拐杖自己走路，能打开花生酱罐头，能够完整地演奏贝多芬。

利兹给我看的《关于我们的一切》杂志的那篇“二十岁以下的二十人”的文章，里面有一点我还记得。我记得它不仅仅是暗示，简直就是再三强调米娅的“悲剧”同她的“属于另一世界的”演奏之间的联系。我记得当时这让我非常恼火。因为这里面有种侮辱性质的东西。就像是在说对她的天才的唯一解释就是某些超自然的力量。他们究竟在想什么？她死去的家人潜入了她的身体,以她的手指来演奏来自天国的合唱?

可是事实就是这样。是有些不同寻常的事情发生了。我知道因为我也在场。我见证了一切:我看到米娅怎样由一位颇具才华的大提琴手完全变成另外一个样子。在那五个月里,一些不可思议的古怪的事情改变了她。所以,说得对,这都同她的“悲剧”有关,可是举起千斤重担的人是米娅。一直都是她。

劳动节之后,她就动身去了茱莉亚。我开车送她到机场。她吻我,说再见。她对我说她爱我超过爱生命本身。然后她转身上了飞机。

她再也没回来。

四

琴弓都已经这么旧了，马毛粘在一起了
送它去工厂吧，就像我，就像你
怎么回事，他们延缓了你的死刑？
观众在怒吼，他们站着一直鼓掌。
——《灰尘》，《间接伤害》第九首

音乐会结束之后，灯全都亮了，我觉得自己像是被抽干了，悲惨极了，就像是我的血液被偷偷抽走替换成了柏油。在掌声慢慢消退之后，我身边的人全都站了起来，他们谈论着音乐会，说巴赫有多美，埃尔加又是多么忧伤，还有风险——那种代价——出其不意地遭遇到约翰·凯奇的当代作品。但是，将室内的氧气全部耗尽的是德沃夏克，而且我明白其中的缘故。

以前米娅拉琴的时候，她的全力以赴就写在她的脸上：她的前额有一道皱纹。她的双唇紧紧抿着，有时甚至失去了血色，就像是她全身的血液都被双手征用了。

今天晚上开始演奏的那些曲目有点像是这种情况。可是等她开始拉德沃夏克，这场独奏会的最后一曲时，某种东西抓住了她。我不知道她是到了最佳状态还是这是她最喜爱的曲目，但她不再弓腰在她的琴上，相反她的身体就像是张开了，在盛开，音乐像是花朵的藤蔓一样充满了所有的空间。她的琴弓自由，欢快而又坚定，观众席被音乐淹没了，仿佛变成了这种纯净情感的海峡，仿佛作曲家的本意丝毫毕现，在房间的上空盘旋。而她脸上的表情——她的双眼向上凝视，小小的微笑停在她的唇上，如果不提那些陈腐的杂志文章的句子，我真不知道该如何形容她，而她同音乐是那样合为一体。或许只是欢乐。我猜自己大概一直都知道她可以达到这样的境界，可是亲眼见到还是把我搞得魂飞魄散。从她得到的掌声来判断，我和在场的所有人都被震住了。

室内的灯全打开了，明亮，光线反射在金黄色的木质座椅上，几何形状的墙嵌板，使地板变得有些炫目。我又沉入距离我最近的椅子，努力不去想德沃夏克——还有别的：中场休息的时候她在裙子上擦手，向乐团成员点头示意时间，所有这些都是我再熟悉不过的姿势。

我抓住前排的椅子保持住平衡，再一次站了起来。我确认自己的腿能走，而地板也不再旋转，然后就迈出第一步，跟在别人后面向出口走去。我已经垮掉了，耗空了。现在我唯一想的就是回到我的饭店房间，吃几片抗焦虑药片或者我药柜里有的别的什么药片——来结束这一天。我想要睡着，醒来时让这一切都过去。

“打扰了，请留步，维尔德先生。”

平常在人多的室内场所我总会遇到一点小麻烦，但这里是我认为全城唯一可以安全地隐姓埋名的地方，这里是专门演奏古典音乐的卡耐基音乐厅。从演奏开始包括场间休息，没人看过我第二眼，除了两个大惊小怪的老太太，我想她们大概也只是被我的牛仔裤吓到了。可是这家伙跟我差不多大。他是领坐员，五十英尺的距离之内只有他在三十五岁以下，这里唯一看上去像是拥有一张流星乐队专辑的人。

我掏口袋想找支笔，可是我没带。领坐员有些窘，他摆摆手同时摇摇头。“不，不，维尔德先生。我不是要签名。”他压低了声音，“那是违反纪律的，我会被开除的。”

“哦。”我乖乖地应声，没明白。有一会儿，我还在想自己像不像样，准备好接受一番责备了没有。

领坐员说：“豪尔小姐想要您去后台一趟。”

演出结束了，大厅里一片嘈杂，有几秒钟我以为自己听错了。我想他说的是她想要我到后台去一下。可是这也不对。他说的一定是豪尔，而不是米娅·豪尔。

但还不等我追问，他就抓起我的胳膊，带着我向后走下楼梯，然后穿过中央大厅，由舞台边的一扇小门走进去，穿过一段迷宫般的走廊，走廊两侧的墙壁上整齐地挂满了镶在镜框里的乐谱。我跟随着。这像是我十岁的时候因为在课堂上扔水球而被送去校长室，而我能做的就是乖乖地跟在林登太太的后面穿过走廊，忐忑不安，不知道在教室门后面等着我的会是什么。我又有了那样的感觉。我要有麻烦了，也许奥尔德斯并没有真的放假让我休息一晚，我被抓来补拍一组照片，或者因为我气跑了记者，行为像是一头反社会的孤独的野狼而使乐队很有可能被解散。

于是我不去想，不让自己听到、相信或者去想这些事，直到领坐员带我走进一个小房间，打开门，接着又关上，突然之间，她在那里了。真的在那里。一个活生生的人，而不是幽灵。

我的第一冲动不是去抓紧她或者吻她或者对她大嚷大叫。我只想碰一下她的脸颊，那里还留着今天晚上演出的红晕。我想刺破将我们隔开的空气，以英尺量出的空气——不是英里，不是几大洲，多少年——用一根生了茧子的手指触碰她的脸庞。我想触碰她以确定那真的就是她——自她离开之后我就频繁地梦到她，那些梦境甚至会像白天一样清晰，可是每当想要吻她、想要拉近她的时候，却发现真实的米娅远在天边。

可是我不能碰她。这项特权已经被废除了。违背我的意愿，可它仍然生效。说到意愿，我不得不在头脑里给自己的双臂安排一个位置，以便它们能够继续只是颤抖而不会变成一台手提钻机。

地板在转，漩涡又发出了召唤，我需要马上吃一片药，可是它们都不在手边。我沉着地吸了几口气压制住一次恐慌发作。我徒劳地想要张开下巴，说点什么。我觉得自己就像孤零零地站在舞台上，没有乐队，没有设施，对我们的歌一点都没了记忆，就这样在一百万人的注视之下。我觉得我好像在米娅·豪尔面前站了足足有一个小时,像一个新生儿一样不能开口。

我们在高中第一次见面时,是我先开口。我问米娅她刚才练习的是哪一首曲子。一个很简单的问题,一切就这样开始了。

这次,是米娅先提问:“真的是你吗?”而她的声音,完全跟以前一模一样。我不知道我为什么会以为它会不一样,大概是因为所有一切都变了。

她的声音摇醒了我,将我带回了现实。回到了这已经过去了三年的现实。有太多的事情要说。你去了哪里?你想过我吗?你毁了我。你还好吗?可是,当然,我一句也不能问。

我的心开始怦怦乱跳,耳朵里响起阵阵铃声,我好像随时都会失去自控。可是很奇怪,就在慌乱发作到顶峰的时候,一些幸存的本能启动了,那种使我能够站在几千个陌生人面前、登上舞台的本能。就在我退出自己的内心的时候,一套平静的铠甲罩住了我的全身,将我推到了一边,由另外一个家伙接管了。“我的血肉之躯。”我这样回答。似乎我出现在她的独奏音乐会上接着又被召唤进她的密室不过是全世界最平常不过的事。“音乐会很棒。”我补充了一句,因为这样才像是在说话。这恰好也是实话。

“谢谢。”她说。然后她胆怯了。“我只是,我只是不敢相信你会来。”

我想起三年前的禁令,她毫无动摇地那样处置我,今天晚上这条禁令被我打破了。但是,是你叫我来的,我想说。“是啊,我猜卡耐基音乐厅现在是随便哪个老流氓都能进来了。”我开玩笑说。我也很紧张，不过，冷嘲的话还是毫无表情地讲出来了。

她的双手在裙子上滑了一下。她已经脱掉了那件正式的黑色晚装，换上了一条飘逸的长裙和一件无袖衬衣。她摇摇头，把脸扭过来朝向我，很不怀好意地说："不，也不全是，朋克还是不行。你没看到招牌上的警告吗？我很吃惊你竟然走进了大厅没被抓走。"

我知道她也想讲一个笑话，作为对我的糟糕的笑话的回报，部分是感激她的好意，部分感激是因为见到她似乎又恢复了一点往日的幽默感。但是另一方面，粗鲁的那一方面，是想要提醒她，所有的室内音乐会，弦乐四重奏还有独奏会我都能坐下来完整地听完。曾经都是为了她。是同她在一起。"你怎么知道我来了？"我问。

"你开玩笑吧？亚当·维尔德在赞克尔厅。在中场休息的时候，后台的全班人马都在窃窃私语。显然，在卡耐基音乐厅里工作的有不少是流星乐队的粉丝。"

"我以为自己已经隐姓埋名了。"我说。看着她的脚。在这场对话中幸存下去的唯一途径就是对着米娅的凉鞋说话。她的脚趾甲涂成了淡粉色。

"你？不可能。"她回答说，"那么，你过得怎么样？"

我过得怎么样？你真心要问吗？我强迫自己抬起头，第一次看向米娅。她仍然很美。不是那种极为耀眼的凡妮莎·拉格莱德类型，也不是布瑞恩·施耐德那种。是那种总能使我全然崩溃的美。她的头发，长长的黑发散开了，在她裸露的双肩上起伏波动，她的双肩还是像牛奶一般洁白，洒着那些我曾亲吻过的小雀斑。她左肩上的伤疤，曾经像是一道鞭痕那样愤怒地发红的伤疤，现在变成了银粉色。像是最新推出的图腾贴花纹样。几乎称得上是漂亮。

米娅的眼睛迎向我的双眼。立刻，我担心自己的正面会分成两半。我将目光转向别处。

“哦，你知道？很好，很忙。”我回答。

“对啊。当然了。很忙。你们在巡演？”

“是。明天出发去伦敦。”

“哦，我明天要出发去日本。”

方向相反，我想，而且我很吃惊听到米娅说出了我的想法。“方向相反。”这句话就悬在空中，极为不祥。突然我觉得漩涡又要开始搅动。如果我不离开的话，它就会吞掉我们两个。“哦，可能我该走了。”我听到一个非常冷静的声音模仿着亚当·维尔德这样说，但听起来就像隔着几英尺远。

我想我看到了她脸色一沉，可是我没能看清，因为我身体的每个部分都在颤抖，而且我发誓就在刚才，就在这里我像是被从里到外掏空了。可是就在我失去控制的时候，另外那位亚当仍在发挥功能。他向米娅伸出手，尽管我会同米娅·豪尔礼节性的握手将是我所能想象的最凄惨的景象之一。

米娅低头看着我伸出的手，张嘴要说什么，然后只是叹了一口气。她的脸变得僵硬了，像是一副面具，她伸出手，握住了我的手。

我双手的震颤变得那么正常，再不是无法停止的，它几乎已经令我无法察觉。可是一旦我的手指触到了米娅的手指，我注意到的是它的震颤停止了，突然它安静了，就像是回授噪音也会突然被切断只要有人关掉了扩大器。我可以永远徘徊在此时此刻。

握手之外，再无其他。几秒钟之后我的手回到了我的身边，似乎我的疯狂也传了一点给米娅因为好像她的手也在颤抖。但是我确定，因为我正被一股迅疾的水流冲走。

等我再明白过来，我听到她化妆间的门在我身后关上了，将我抛进了激流涌浪之中，而米娅回到了岸上。

五

我知道这很不像话——甚至可以说有点不地道——把我的被甩同杀死米娅一家的车祸相提并论,可是我总忍不住会这么想。因为对于我,至少,它们的结局是一回事。在开始的几周,我总在不敢相信的迷雾中醒来。*这些都真的发生了,是吗?哦,该死,千真万确。*然后我的身体从拳头到内脏都缩成一团。几个星期之后,我才慢慢接受了这个事实。可是这不像车祸——那时我必须在,出现,帮忙,做一个她可以依靠的人——在她走了之后,我就一个人。没有人等着我递盘子过去。所以我就抛下一切不管,然后所有的事情都停滞了。

我搬回了家,回到我父母的家。只在摇滚排屋——我的房间里打包了一堆东西就离开了。抛开了一切,学校,乐队,我的生活。一个突然的,无言的告别。我在自己男孩时代睡过的床上缩成一团。我担心大家都会来砸门,逼我做出解释。可是就像一则死讯。消息已经传遍了,大家肯定已经知道我已变成了一具尸体,因为甚至没有人来看一眼这具尸体。好吧,无情无义的利兹除外,她会每周过来一趟,丢给我一张 CD 或者其他什么她正爱听的音乐,她总是高高兴兴地来,把新拿来的 CD 摞在她以前带来的从没被碰过的那一堆上面。

我的父母似乎对我的归家难以理解。不过那时，就我所知，这种困惑也不是特殊情况。我爸爸原先是伐木工，在这个行业衰落之后，他在一家电厂的生产线上找了一份工作。我妈妈在一所大学的餐饮部上班，他们双方都是再婚夫妇，他们的第一次婚姻都是一场灾难，没有孩子，也从不提起。我是过了十岁才从叔叔和姨妈那里知道的。他们生我的时候年纪已经有些大了，显然我是他们的意外。我妈妈总喜欢把所有我做过的事称为意外，从我的存在本身到我开始成为一个吉他手，同米娅这样的女孩恋爱，上大学，组建乐队而且颇受欢迎，从大学退学，从乐队退出，所有这些，都是意外。所以他们什么也没问就接受了我回家的事实。妈妈每天端些吃的和咖啡到我房间来，就像我是一名囚犯。

有三个月，我这样躺在自己童年时代的床上，希望自己能像米娅曾经的那样陷入昏睡之中。如果能那样，生活就容易多了。最后还是羞愧让我振作起来。我已经十九岁了，一个大学退学生，住在父母亲的房子里，失业，一个懒汉，一具行尸走肉。我的父母始终没有任何其他的表示，但是我身上这种可怜巴巴的臭味让我自己恶心了。最终，过了新年之后，我问我父亲工厂里是不是有工作可以做。

“你肯定那是你想要的?”他问我。那不是我想要的。可是我想要的我得不到。我只是耸耸肩。我听到他跟我妈争论这件事，她想要他同我谈谈，让我不要去。“难道你就不想让他更好一点吗?”我听到她在楼下压着嗓子吵,“难道你不想至少让他回学校?”

“这不是我想怎样就怎样的。”他回答说。

于是,他去问了人力资源部,给我安排了一次面试,一个星期之后,我开始在数据录入部门上班了。从早晨六点半到下午三点半,我坐在一间没有窗的房间里,输入那些对我没有任何意义的数字。

我上班的第一天,妈妈很早就起床,给我做了一份极为丰盛、我没能吃完的早餐,还煮了一大壶不够浓的咖啡。她站在旁边看着我,身上穿着她那件破旧的粉色浴袍,一脸忧虑。我要出门走了,她对我摆摆手。

“怎么?”我问。

“你要进工厂了,”她说,严肃地凝视着我,“这对我一点都不意外。这是我早就设想过的对我的孩子的期望。”我不知道她话里的苦涩是为我还是为她自己。

工作很烂,可是不管怎么说,它不用动脑子。我回到家就倒头大睡一下午,然后醒来,看书,打盹,这样从晚上十点过到早晨五点——要准备去上班的时间。这个时间表同外部世界不同步,但是对我来说很好。

在圣诞节前的几周,我还抱着一篮子的希望。最早,米娅计划圣诞节时回家的。去纽约的机票她买的是往返的,回来的日期是十二月十九号。尽管我知道自己这样很傻,我还是想着她会来看我，她会向我解释一番——或者，更好，一个大大的道歉。或者我们会发现这其实是些复杂的、可怕的误解。她每天都给我写电子邮件，只是它们没有寄到，她站在我的门前，怒气冲冲，因为我没有回复她的电邮，就像以前她为了一些很蠢的事情对我发火，比如我对她的朋友有多友好或者不够友好什么的。

可是十二月到了，又过去了，单调的灰色，楼下唱着低弱的圣诞颂歌。我躺在床上。

快要进入二月了，我等来了一位从东部学院回来的访客。

“亚当，亚当，有人找你。”我妈妈说，轻轻地敲着我的房门。那差不多是晚饭时间，我在沉睡，对我来说相当于午夜。我以为是米娅。我一下站起来，但是看见我妈一脸痛苦的表情，她知道她带来的是坏消息。“是金！”她勉强微笑着说。

金？从去年八月金离开去波士顿上学之后，我就没有了这位米娅最好的朋友的一点消息。突然，她的沉默像米娅的背叛一样变成了沉重的打击。在我同米娅在一起的时候，金和我谈不上是好朋友。至少在车祸之前还不是。可是之后，我们就成了死党。之前我没认识到米娅和金是一揽子交易，一个带着另一个。失去了一个，另一个也就保不住了。可是，怎么会变成这样？

可是现在，金来了。是米娅派她来的？相当于大使？金尴尬地微笑着，在夜色中抱着肩膀。“嗨，”她说，“你可真难找。”

“我一直在我在的地方。”我说，不想客套。金，看我还穿着短裤就转过头去，等我套上牛仔裤。我伸手去找香烟。几个星期之前，我开始抽烟了。似乎工厂里每个人都抽。这是唯一能喘口气的借口。金吃惊地睁大了眼睛，就像是我掏出的是一把格洛克手枪。我把烟放了回去，没有点上。

“我以为你会在摇滚排屋，所以就去了那里。我遇到了利兹和萨拉。她们拉我吃了晚饭。真高兴能遇到她们。”她站住，打量了一番我的房间。乱七八糟，带着汗酸味的毯子，拉好的窗帘。“我把你吵醒了？”

“我现在作息很不正常。”

“是。你妈妈跟我说了。数据录入？”这次她没再费心掩饰自己的惊讶。

我无心闲聊或者讲一番自我贬低的套话。“嗯，有什么事吗，金？”

她耸耸肩，“也没什么事。我在镇上也没什么事。我们都要去新泽西看我爷爷奶奶，过光明节，所以这是我第一次回来，我想过来看看你，打个招呼。”

我转过身来盯着她。她好像很紧张，但也好像很担心。这是一种我很容易辨认出来的表情。一种在说我现在是个病人的表情。由很远的夜色里我听到一声车喇叭响。自发地反应，我抓了抓脑袋。

“你还同她见面？”我问。

“什么？”金的嗓音因为惊讶而有些尖锐。

我盯着她，又缓慢地重复了一遍：“你还同米娅见面吗？”

"见——见面，"金吞吞吐吐地说，"我是说，不常见。我们学习都很忙，从纽约到波士顿要四个小时。但是，见面的。当然了。"

当然了。那么这是确定无疑的事了。这使我觉得心像是已经被谋杀了一样，很难受。但我也很高兴，除了距离，没有更严重的事情发生。

"她知道你来这里吗？"

"不，我是作为你的朋友来的。"

"作为我的朋友？"

金没有理睬我语调中的挖苦，但这个女孩一直都比她的外表坚强得多。她没有反击也没有离开。"是的。"她低声说。

"那么，告诉我，朋友。米娅，你的朋友，你最好的女朋友，她有没有告诉你她为什么要甩了我？一句话都不说？她有没有同你讲过这些？还是从没提过我？"

"亚当，求你……"金的语气是在乞求。

"不，求你，金。求你了，因为我一点头绪也没有。"

金长吸了一口气，然后站直了。我甚至能够看出某种决心让她挺直了脊骨，一节一节骨头上升，忠诚的绳索被抽开了。"我不是来谈论米娅的。我是来看你的，我不认为我应该同你谈论米娅或者同米娅谈论你。"

她的语气像一位志愿者，公正的第三方，我想打她一个耳光，为了这种语气，为了这一切。我发作了。"那么你他妈的来这里干吗？你是为什么来的？你对我算什么？没有了她，你还算什么？你什么都不是！我不认识你！"

金向后退了一步，可是当她抬起双眼，眼里没有一丝的愤怒，而是充满了温柔。这让我更想掐住她。"亚当——"她开口说。

"从这儿滚出去，"我吼道，"我再也不想看到你！"

金的处世态度是这样，不用你对她说第二次。她离开了，没再说一句话。

那天夜里，我没有睡觉，没有看书，我在自己的房间里走了四个小时。我来回地走，在我父母的廉价粗毛地毯上踩出了永久的迈开的脚印，我感到我的身体里有些东西在发烧，在生长。它像是活的，躲不开的，就像有时难受的宿醉之后要呕吐一样。我感到它在我的身体里蹿动，哀求着要出来，直到，它终于将我撕开，带着一股强大的力量，那是我第一次用拳头砸墙，可是，还是不够痛，我转向窗户。玻璃碎片刺进了我的骨关节，满足的剧痛伴着二月冬夜的寒风。这个打击好像惊醒了某些在我体内沉睡了很久的东西。

因为那一夜，是我一年来第一次又捡起吉他。

也是在那一夜我又开始写歌。

两个星期，我写了十多首新歌。一个月后，流星乐队归来并且开始表演这些歌。两个月后，我们同主流唱片公司签约。四个月后，我们录制了《间接伤害》，十五首歌都是我在度过童年时代的卧室里写出来的。一年之内,《间接伤害》上了排行榜,流星乐队登上了全国发行的杂志的封面。

有时我会想,从那时起我就亏欠金一声道歉或者一声谢谢。也许两样都欠。可是在我认识到这一点之后,事情已经改变了太多,好像一切都已经走得太远。而事实是,我仍然不知道该怎么跟她说。

六

我要成为你的脏乱不堪，你要成为我的
这是我们签下的协议
我买了一件危险品防护服打扫你留下的垃圾
毒气面罩和手套，使我安全
可是现在，我孤单单地在一个空房间里
低头看着纯净无瑕的毁灭。
——《脏乱》，《间接伤害》第二首

等我回到街上，我的手抖个不停，我心里的感受是它们正在发动政变。我伸手去拿自己的药片，可是瓶子空了。见鬼！奥尔德斯在出租车上塞到我嘴里的一定是最后一片。酒店房间里还有吗？明天早晨上飞机之前我必须搞到一些。我伸手找电话，却想起来自己把它留在房间里了，笨得不能再笨地企图同世界失去联系。

身边的人群涌来，他们的目光在我身上停留的时间稍久了一点。要是被认出来，我现在可是无法应付。现在我什么事情都无法应付。我不想要这样。我一点都不想这样。

我只想出去。摆脱我自己的存在。我发现我最近总这样想。不是去死。不是自杀。不是任何这一类的愚蠢的胡闹。不止一次，我忍不住想，要是我从未出生那该有多好，我不想面对那六十七个夜晚，我不想在此地、此时——忍受着刚刚同她的谈话。今天晚上的事儿都是你自找的，我告诉自己。你早就该一个人走开。

我点上一根烟，希望这能让我镇定下来，然后走回酒店去，到了之后再给奥尔德斯打电话，把一切都安排好，也许还能睡上几个小时，把这灾难性的一天彻底甩在背后。

"你应该戒掉。"

她的声音使我震惊，可它也使我镇定。我抬头一看。是米娅，她的脸涨红了，可是同时，很奇怪，也在微笑。她呼吸很急，像是刚刚跑过来。或许她也被粉丝围堵了。我想象着那对穿着礼服、戴着珍珠首饰的老夫妇蹒跚地跟在她后面。

我甚至都没有时间感到困窘，因为米娅又在这里了，站在我面前，我们仍然共有同一个时空，不期而遇，尽管是一个快乐的巧合，却并没有什么不寻常，没有一丁点的特殊。有一刻，我想到了电影《卡萨布兰卡》里鲍嘉说："全世界有无数杜松子酒馆，她却一定会走进我的这一家。"不过随即我提醒自己，是我走进了她的杜松子酒馆。

米娅慢慢迈过我们之间最后的几英尺，仿佛我是一只需要被带回家的非常机敏的小猫。她看着我手里的香烟。“你从什么时候开始吸烟了?”她问。就像是我们之间相隔的年月并不存在,米娅已经忘记了她已经无权过问我的生活。

即便是在这种情况下,理所当然的。往日再现,在有关尼古丁的事情上,我曾经是强硬派。“我知道。这一点都不时髦。”我承认了。

她看着我,还有香烟。“能给我一支吗?”

“你?”米娅大概六岁的时候,她读到儿童故事里有一个女孩使爸爸戒烟的故事,就决心要说服她妈妈戒烟,那是一个戒了又复吸,复吸又戒掉的吸烟者。用了好几个月的时间,米娅才在凯特那里取得了成功,但是她真的成功了。到我认识她们的时候,凯特已经完全戒烟了。米娅的爸爸,丹尼,抽烟斗,不过好像做秀的成分更多。“你现在吸烟了?”我问她。

“没有,”米娅回答,“不过我刚才真的非常紧张,我听说香烟可以镇定神经。”

是独奏会的紧张——有时它会让我极为抑郁而且暴躁。“有时,演出完我也会这样。”我说,点点头。

我摇出一根香烟给她;她的手一直在抖,所以我的打火机的火苗总是够不到香烟。一瞬间我想握住她的手腕,使她稳住。可是我没有。我只是追着那只香烟,直到火光在她的眼中闪烁,点着了那根烟。她吸了一口,又吐出来,咳嗽了几声。“我说的不是音乐会,亚当,”她说,然后顿了一会儿,才吃力地继续,“我指的是你。”

有一把别针大小的小爆竹在我身体里上蹿下跳。要冷静，我对自己说。你不过是让她感到紧张，像这样突然出现。可是，仍然，我为自己会造成这种影响而高兴——哪怕只是让她受到了惊吓。

我们一言不发地抽着烟。然后我听到有咕噜咕噜的声音。米娅沮丧地摇摇头，低头看着自己的肚子。“还记得我演奏前的习惯吗？”

以前，米娅每次演出前都会特别紧张，什么也吃不进去，所以演出结束后，她通常都会大吃一顿。那时候，我们会去我们两个人都爱吃的墨西哥餐厅或者去高速路服务区餐厅吃炸薯条、肉汤和馅饼——这些都是米娅最爱的食物。“你多久没吃东西了？”我问。

米娅又瞟了一眼，踩灭了她抽了一半的香烟。她摆摆手。“赞克尔厅？我好几天没吃东西了。演出从头到尾我的肚子都在咕噜叫。我敢说那些坐在包厢里的人甚至都能听到。”

“没有。只有琴声。”

“这是安慰的说法，我想。”

我们站在那里，沉默了几秒。她的肚子又开始咕噜叫。“最理想的一餐还是馅饼和薯条？”我问。我想起在我们的老家俄勒冈，她站在售货亭外面，一边挥舞着叉子一边批评自己的演奏。

“不包括馅饼。在纽约不行。这里的正餐馅饼太让人失望了。水果几乎全是罐头的。而且这里也没有马里恩蓝莓。怎么会这样，从那里的海岸到这边，一种水果就这样消失了？”

怎么会这样，一两天的时间，一个男朋友就不存在了？“不知道，没办法告诉你。”

“但是这里的炸薯条很好。”她给我一个充满希望的拘束的微笑。

“我喜欢炸薯条。”我说。我喜欢炸薯条？我真像一个电视电影里的弱智儿童。

她的目光闪烁着迎住我的目光。“你饿吗？”她问。

我一直都饿。

我跟在她后面穿过第五十七号大街，然后沿着第九大道向前走。她走得很快——她离开的时候还稍微有点跛，现在一点也看不出来了——而且她特意，像个纽约人，指给我看这里那里的地标式建筑，就像一位极为专业的导游。我突然想到我甚至都不知道她是否还住在这里，或者今晚不过是在结伴旅游。

你可以直接问她，我对自己说，这是一个非常正常的问题。

是，可是太正常了，还要开口问显得很怪。

好吧，那你要跟她说点什么。

但就在我开始变得紧张时，她的包里传来了悦耳的《贝多芬第九交响曲》。米娅停止了她的纽约独白，掏出手机，看着屏幕，有点发怵的样子。

"坏消息?"

她摇摇头,做了一个肯定经过很多练习才做出的似乎非常痛苦的表情。"不是。但这个电话我不能不接。"

她翻开手机。"嗨。我知道。镇静。我知道。嗯,等我一下好吗?"她转向我,现在她的声音流畅又专业,"我知道这太粗鲁了,但是等我五分钟,好吗?"

我明白。她刚完成了一场盛大的演出。有人给她打电话。虽然如此,虽然她一脸的歉意,我还是感觉自己像是一位骨肉皮,要在大巴后面等着,等摇滚巨星空出时间。但就像骨肉皮一直以来那样,我默许了。摇滚巨星说的是米娅。不然,我还能怎么办?

"谢谢。"她说。

我让米娅隔开几步走在我前面,给她一点私人空间,但还是听到了她最后的几句话。我知道这很重要,我答应我会补偿你。她一次也没有提到我。事实上她似乎已经完全忘记了我还跟在后面。

一切都好,只是她疏忽了我的出现会在第九大道造成骚乱,这里到处都是酒吧,人们抽着烟,游荡着从它们的门前经过。很多人先是心不在焉然后突然明白过来,认出了是我,接着掏出他们的手机和数码相机拍快照。

我含糊不清地在想,如果这样的照片上了唠叨网或者某一张小报会怎么样。这该是凡妮莎·拉格莱德梦寐以求的吧。而对布瑞恩则是噩梦。布瑞恩已经对米娅非常嫉妒,尽管她从没遇到过她，只是知道她。尽管她也知道我已经好几年没见过米娅了，布瑞恩仍会抱怨说："同一个幽灵竞争很难。"仿佛布瑞恩·施莱德一定要跟谁竞争。

"亚当？亚当·维尔德？"这是一位真正的狗仔队，带着一架长焦相机，在还有半个街区远的地方。"哟，亚当，我们拍一张吧？只拍一张。"他喊叫。

有时这个办法能管用。把你的脸借给他们一分钟，然后他们就走了。但更多的时候不管用，就像是杀死一只蜜蜂会招致整个蜂群的愤怒。

"哦，亚当。布瑞恩呢？"

我戴上墨镜，加快了步速，尽管这样做已经有点迟了。我停下脚步，转头想要走出已经挤满了出租车的第九大道。米娅还在沿着街区向前走，拿着她的手机讲个不停。以前的米娅厌恶手机，厌恶在公共场合讲电话，厌恶那些撇下身边的人不管，接听另一个人打来的电话的人。以前的米娅绝不会说粗鲁不堪这种成语。

我迟疑是不是由着她走下去。想直接跳上一辆出租车，等她发现我不在她身后时，我已经到了酒店，这个想法给了我确定无疑的满足感。这次换她搞不清楚状况。

可是没有空的出租车，似乎我已经陷入危难之中的气息突然触到了她，米娅转过身来找我，正好看到那个摄影师冲我跑来，手里挥舞着像弯刀一样的照相机。她看了一眼已经变成车的海洋的第九大道。不要停下,向前走,我在心里对她说。要是被拍到你同我在一起的照片,你的人生就会变成粉碎机里的草料。继续走。

可是米娅大步向我走来,抓起我的手腕,尽管她比我矮一英尺,轻六十磅,可我还是突然感觉到一种安全感,在她的监护之下比在多少名保镖的护卫下都要安全。她径直走进拥挤的大街,伸出一只手阻住车流。一条为我们开通的道路,我们两个就像是穿过红海的以色列人。一等我们走到街对面,这条开出的道路就不见了,所有的出租车在绿灯下呼啸而过,将我的狗仔队摄影师留在了街对面。"这个时段想要拦到车几乎是不可能的,"米娅告诉我,"百老汇的演出都刚刚结束。"

"那家伙两分钟之内就跟过来了。即使我打上了车,这种交通状况他也能后脚就跟过来。"

"别担心,我们去的地方他跟不过来。"

她在人群中小步跑动,沿着大街下行,同时把我推在她前面,像一位防御性的后卫球员那样保护着我。她转向一条两侧都是廉价公寓的暗街。大概走到街区的中间,具有都市风情的红砖公寓突然不见了,取而代之的是一片树林茂密的低地,四周围着很高的,有一把重型锁的铁围栏,而米娅像变魔术一样拿出了一把钥匙。咔哒一声,锁开了。"你进去,"她手指着树篱和后面的一座露台,"蹲在露台上。我来上锁。"

我照她说的做了,一分钟之后她回到了我身边。这里很黑,只有近处的一盏路灯发出柔和的光芒。米娅将一只手指放在唇上，还示意我蹲下来。

“他跑哪里去了？”我听到街上有人在问。

“他是到这边来了，”一个女人，带着浓厚的纽约口音，“我跟你发誓。”

“那他是去哪儿了？”

“有没有可能在公园？”女人问。

公园里回响起铁门的哗啦声。“锁住了。”他说。黑暗中，我看到米娅笑了。

“他可能是跳过去了。”

“十英尺高，”男人说，“这么高谁也别想跳过去。”

“你还以为他有超能力？”女人回答，“你应该进去找找看。”

“在这个铁围栏上把我的新的阿玛尼裤子撕了？男人是有底线的。再说这里面好像很空。他可能是打到车了。我们也该去打车了。我的线人说贾斯汀·廷布莱克在阿比吉尔·布莱斯林①那里。”

我听到远去的脚步声，为了安全起见又等了一会儿。米娅打破了沉默。

“你还以为他有超能力？”她把那句反问模仿得很生动。随即她笑了起来。

“我可不想在这把我的新的阿玛尼裤子撕了！”我回答说，“男

---

① 贾斯汀·廷布莱克(Justin Timberlake)和阿比吉尔·布莱斯林(Abigail Breslin)，分别是少年流行音乐明星和好莱坞童星。

人是有底线的。”

米娅笑得更厉害了。我体内的紧张感减轻了。我几乎要微笑了。

在笑声平息之后，她站了起来，拍去后背上的尘土，然后坐在露台的长椅上。我也坐了下来。“这种事你经常遇到？”

我耸耸肩。“在纽约、洛杉矶和伦敦是比较糟糕。不过现在到处都一样。粉丝甚至会把他们拍到的照片卖给八卦小报。”

“人人都想有份，嗯？”她说。听着更像是我认识的那个米娅，不是讲话时语词考究的古典音乐提琴演奏家，也不是麦当娜那种平板的欧陆口音。

“每个人都想吃到自己那块，”我说，“你不得不习惯。”

“你对很多事情都习惯了。”米娅的意思是她知道了。

我在黑暗中点了点头。我的眼睛已经适应了光线，所以我看到这是一个相当大的花园，被砖甬道分成两部分的宽阔的草坪又同时处在花圃的围绕之中。时不时的，空气里闪出一点微弱的光点。“那些是萤火虫？”我问。

“是的。”

“在市中心？”

“对啊？曾经这也让我很吃惊。不过这里有大片绿地，这些小家伙们就找到这里来了，来点亮这里。一年中它们只来几个星期。我不知道其余的时间它们去了哪里。”

我想了一会儿。“也许他们还在这儿，只是没能发光。”

“很可能。昆虫界的季节性紊乱，虽然臭虫们真应该试试俄勒冈的生活，要是它们渴望知道什么叫情绪失落的冬季。”

“你怎么会有这里的钥匙？”我问，“你住在这附近？”

米娅摇头，接着又点头。“是，要住在这附近才能有这里的钥匙，不过我没住在这里。这把钥匙是欧内斯特·卡斯特罗的，或者说曾经是他的。当时他是交响乐团的客座指挥，他住在这附近，转租房子的人给了他这把这座花园的钥匙。那时，同我合租的人总是很麻烦，这几乎成为我生活中反复出现的主题，所以我多次跑到他这里来避难，在他离开之后，我就‘意外地’拿到了这把钥匙。”

我不知道为什么我会感觉像是吃了一记冷拳。自从米娅离开之后，同你在一起的女孩你都数不过来，我要自己理智点。你好像不曾有过单身而渴慕爱情的日子。你以为她会那样吗？

“你看过他指挥的演出吗？”她问我，“他总让我想起你。”

除了今天晚上，从你离开之后我就没怎么听过古典音乐。“我不懂你在说什么。”

“卡斯特罗？哦，他很不可思议。他出身于委内瑞拉的贫民窟，是流浪儿童助学计划使他学会了演奏乐器，结果他十六岁就成为乐队指挥，二十四岁成了布拉格交响乐团的指挥，现在他是芝加哥交响乐团的艺术总监，同时在委内瑞拉做曾经帮助过他的助学项目。他几乎可以说是能够呼吸音乐的。就像你。”

谁说我能呼吸音乐？谁说的，我能不能呼吸还不知道！

“哇。”我说,企图克制住自己没有权利感到的嫉妒。

米娅抬起头,突然很窘。“对不起,我忘了不是全世界都在关注古典音乐世界的芝麻小事。他在我们的世界里非常有名。”

是,不过我的女朋友倒是在你们之外的世界非常有名,我想。可是,她听说过我和布瑞恩吗?要想没听说过我们,除非你把自己的脑袋埋在一座山底下,或者你非得故意避开任何与我有关的新闻,或者你想成为一名不会去读任何八卦小报的古典提琴家。

“听起来他很大牌。”我说。

即使是米娅也能听出话里的讥讽。“没你那么有名,我是说……”她说,她的话止住了,变得有点困窘。

我没有回答。有一刻没有任何声响,只有街上的车流,噪音。然后米娅的肚子又开始咕噜叫了,提醒我们已经在花园里耽搁了很久。而实际上我们有别的目的地要去。

七

布瑞恩和我的相识，说起来也极为纠结古怪，是因为米娅。嗯，属于一度分割，我想。其实是因为创作型歌手布鲁克·维嘉。就在米娅出车祸那天，流星乐队要为布鲁克的前乐队——比基尼作暖场演出。当时米娅在重症监护室，不允许我进去探视，布鲁克来过医院，想要分散他们的注意力。她没能成功。那是我最后一次见到布鲁克，直到《间接伤害》成为双白金唱片的那段狂热时期。

流星乐队到洛杉矶参加 MTV 电影奖。我们以前录制但从没发行过的一些歌被一部电影《你好，杀手》拿去做配乐，然后被提名最佳歌曲奖。我们没拿到那个奖项。

这没什么。这个 MTV 奖不过是一长串颁奖典礼中的最后一项，是两个获奖季之间的缓冲期。几个月前我们刚拿了格莱美最佳新晋艺术家奖，《赋予生命》赢得了年度最佳歌曲奖。

很奇怪。你以为一张白金唱片，两个格莱美奖项，几个重要的提名能使你拥有世界，可是这些东西来得越多，这种场面就越来越使你毛骨悚然。姑娘们来了，药物，拍马屁的家伙们，还有宣传人——一直都在的搞宣传的人。我不认识的人——不是狂热歌迷，而是这个行业里的人——都跑过来了，他们就像是我的老朋友，亲了左脸亲右脸，叫我"宝贝"，往我的手里塞名片，在我耳边说着一个又一个电影角色，还有给日本啤酒做广告，只要一天拍摄时间就能拿到几百万美金。

我应付不了这个，这就是为什么我们一度不再参加电影颁奖礼的原因，我总是避开吉普森圆形剧场去吸烟区。当时我正要逃遁，看到布鲁克向我大步走来。在她身后是一个很漂亮、有点脸熟的女孩，长长的黑发，一双碧眼就像餐盘那么大。

"亚当·维尔德，我的生命，我的呼吸。"布鲁克说，给了我一个疯狂的拥抱。布鲁克那时刚刚开始单飞，发了她的第一张专辑，《吻这里》，也拿了不少的奖项，所以，我们经常在不同的颁奖礼上碰到对方。"亚当，这是布瑞恩·施瑞德，不过很可能你已经知道了，她就是那只被提名最佳接吻奖的小狐狸。你看过她在《女孩堕落的方式》里那个如神话般的接吻吧？"

我摇摇头，"不好意思。"

"我在一个吸血鬼与狼人之吻里完全失去了自我。女孩同女孩之间的行为不再像以前那么有影响力了。"布瑞恩面无表情地说。

"你们都被打劫了！"布鲁克插嘴说，"你们两个。这真是天大的遗憾。不过我要留下你们舔自己的伤口或者只是互相认识一下。我要回去登场了。亚当，回头见啊。我希望，你应该多来洛杉矶。你应该穿得鲜艳点。"她不慌不忙地走开了，对布瑞恩眨了眨眼。

我们站在那里，沉默了一会儿。我给布瑞恩递了一支烟。她摇摇头，然后用她那双眼睛看着我，如此使人不安的碧绿。“这是提前安排好的，如果你纳闷的话。”

“是，我有点，纳闷。”

她耸耸肩，好像没有一点尴尬。“我跟布鲁克讲我觉得你很迷人，所以她就插手进来帮忙，她跟我，我们经常这样。”

“懂了。”

“这让你很苦恼？”

“怎么会？”

“会让这里的很多人感觉苦恼。演员通常都很不可靠。或者是同性恋。”

“我不是这里的人。”

她微笑了。然后她看着我的外套。“你是在擅离职守还是……？”

“你觉得他们会不会派狗出来追我？”

“有可能，不过这里是洛杉矶。所以它们会是一群袖珍的吉娃娃，身上都绑着设计师手袋，所以它们能搞出多大乱子呢？你想要人陪吗？”

“当真？你不是必须要留下来为损失了最好的吻致哀吗？”

她用那双眼睛坦然地看着我，像是已经听懂了我的笑话，并且，也参与其中。这点我很欣赏。“我更喜欢在私下里庆祝或者哀悼我的吻。”

我的计划只是坐那辆在等我们的房车回酒店。所以我跟布瑞恩走了。她给她的司机放了一晚上的假,然后抓起钥匙发动她那辆笨重的SUV,我们俩开着车从海岸边的环球城到了山下。

我们沿太平洋海岸高速公路去洛杉矶北部被称作都美角的海滩。我们在路途中买了一瓶酒和一些外卖寿司。到达海滩上的时候,一场大雾正降在墨蓝的水面上。

“六月的阴郁,”布瑞恩说,在她那件绿黑色相间的无肩短礼服裙里瑟瑟发抖,“每年都要冻死我。”

“你没有毛衣或者别的什么?”我问。

“那会很不搭。”

“给你。”我把自己的外套递给她。

她吃惊地抬高了眉毛。“很绅士。”

我们坐在海滩上,直接用瓶子喝一瓶酒。她跟我讲她最近在拍的电影,还有下个月要开始拍的电影。而且她还要在两个剧本之间选择,决定她刚组建的制片公司该拍哪一个。

“所以,你基本上算是个懒人?”我问。

她笑了。“我在亚利桑那一个腋窝大小的镇上长大,在那里我所有的生活就是听我妈妈一遍又一遍地告诉我,我有多漂亮,我多么该成为一名演员、模特。她甚至从来都不准我在太阳底下玩——那里可是亚利桑那——因为她害怕我会把皮肤晒坏。就好像我唯一的生存目标就是一张漂亮的脸。”她回过头,我能看出她目光里的智慧,不可否认,这是一张漂亮的脸。“可是,那么好吧，我的脸是离开那里的车票。但好莱坞现在也是这种看法，每个人都给我贴上了同样的标签——一张美丽纯情的脸，可是我心里有数。所以如果我想要证明自己有头脑，换句话说，如果我想在阳光下玩耍，那就需要找到将自己完全表达出来的事业，我觉得要是我做制片人也许会发挥我的长处。制片就是控制，真的，我大概想要使所有的事情都在控制之内。"

"是，可是有些事情是不能控制的，不管你多么努力。"

布瑞恩望着黑暗中的天空和海面，将她光着的脚趾埋进冰冷的沙子里。"我知道，"她安静地说，回头看着我，"对你女朋友的事我真的很难过。她叫米娅，对吗？"

我呛了一口酒。那不是一个此时此刻在我意料中的名字。

"我很抱歉。只是我同布鲁克问起你，她对我讲了你们是怎么第一次见面。她不爱传别人的小道消息什么的。可是当时她在，在那家医院，所以她知道。"

我的心在胸口里如雷击一般。我只是点点头。

"我七岁的时候，爸爸去世了。那是我遇到的最难过的事，"布瑞恩继续说，"所以我不敢想象像那样失去亲人。"

我又点了点头，灌了一大口酒。"我很抱歉。"我想办法说。

她轻轻点了点头，表示理解。"不过，至少他们是一起去世的。我是说，这在某种意义上也是一种祝福。我知道，如果我的家人全都已经过世，那么我也会不想再醒过来。"

酒从我的嘴里、鼻子里喷了出来。过了很大一会儿，我才又能正常呼吸,有了说话的力气。然后,我告诉布瑞恩,米娅没有死。她在车祸中幸存了下来,已经全面康复。

布瑞恩像是真的被吓坏了,程度那么严重以至于我开始为她而不是为自己感到难过。"天哪,亚当。我太丢人了。我只是这么猜测。布鲁克说她再也没听到过米娅的消息,不然我不会得出这样的结论。流星乐队有段时间就像是失踪了,然后有了《间接伤害》,我是说,歌词充满了痛苦和愤怒,被撇下独自一人……"

"是啊。"我说。

然后布瑞恩看着我,她的绿眼睛里映出幽幽的月光。我敢说,不用我说一个字,她就已经全都明白了。什么都不必解释,这似乎是最大的安慰。"哦,亚当,这才更糟糕,对不对?"

当布瑞恩把我时常在内心感觉到的无限羞愧讲出来时,我觉得我有点爱上她了。而且我以为这就够了。这种绝对的理解,这些初次的激动都会变得繁荣茂盛,然后将有一天,我对布瑞恩的感觉将同我曾经对米娅的爱一样强烈。

那天晚上,我去了布瑞恩的住处。那年春天,我不停地探班去看她,先是温哥华,接着是芝加哥,然后是布达佩斯。只要能够远离俄勒冈,远离我同乐队其他人之间已经变得像水族馆玻璃墙那样厚的尴尬。等夏天她回到洛杉矶,她就建议我搬来她位于好莱坞山上的房子。"后院的客房从来都没用过,我们可以把它改建成你的工作室。"

搬出俄勒冈州,离开乐队其他人,摆脱所有的以往,一个全新的开始，一座有很多扇窗、光线充足的房子，同布瑞恩在一起的将来，当时这好像无比正确。

我们就这样成为了一对名人情侣。同布瑞恩一起去星巴克喝杯咖啡或者在润宁峡谷散散步都会被偷拍。

我应该快乐。我应该感恩。可是问题是，我一直不能摆脱这种感觉，就是我的名气与我无关，与她们有关。我的手上蘸着米娅的鲜血写出《间接伤害》，也正是这张专辑使我成名。而我真正出名，又是因为同布瑞恩的恋爱，所以在名气上面，同音乐相比，我的女朋友占了更大的比例。

这个女孩很了不起。能够同她恋爱，任何一个人都会杀人也愿意，都会为搞大她的肚子而骄傲。

即使在刚开始的时候，我们还处在怎么爱你都不够的阶段时，我们之间似乎就有一面看不见的墙。起初我企图将这面墙推倒，可是费尽了力气它还是纹丝不动。后来，我就疲惫倦怠了。然后我就为它的存在作辩护。成年人之间的关系就是这样的，在你有了几道伤疤之后爱情也只能是这种感觉了。

也许这就是为什么我不能自如地享受我们所拥有的一切。怎么会这样，半夜里睡不着，我会走到屋外听游泳池过滤器的拍水声，脑袋里全是布瑞恩让我抓狂的缺点这样的狗屎想法。即便我这么做，我也知道这不过是些微末的小事——她睡觉时把黑莓手机放在枕边，她每天要用几个小时把自己吃的每一点东西都明细归类，无法容忍对计划和日程的丝毫变动。并且我知道有足够多的可以将这些不足平衡掉的优点。她像石油大亨一样慷慨，像牛头犬一般忠诚。

我知道自己很不好相处。布瑞恩说我孤僻、推诿、冷漠。她指责我——视她的心情而定——是在嫉妒她的事业或者无心同她一起生活，是在骗她。这不是事实。自从我们在一起，我再也没碰过女粉丝，也没动过这种念头。

我总是说问题部分在于我们很少能待在同一个地方。比如我不是在录音就是在巡演途中，而布瑞恩往来于外景地或者在没完没了的媒体推广活动中。我没对她讲，我不幻想我们有更多时间在一起。因为当我们在一个房间里的时候，也不是一切都那么美好。

有时，布瑞恩喝过几杯之后，会嚷嚷是米娅还隔在我们中间。“你为什么不回到你的幽灵身边呢？”她会说，“我厌倦了同她的竞争。”

“没有人能同你竞争。”我告诉她，吻她的前额。我没撒谎。没有人能同布瑞恩竞争。然后我告诉她不是米娅，不是任何一个女孩。布瑞恩和我生活在一个泡沫里，一盏聚光灯下，一口压力锅里。任何一对情侣都会觉得艰难。

可是我想，我们都明白我在撒谎。事实是，不可能避开米娅的幽灵。如果不是她，我和布瑞恩也不可能在一起。在命运扭曲荒诞的安排下，米娅是我们的过去的一部分，我们站在她遗赠的残渣里。

八

衣服已经打包好了送去救济院
我在那座山上说了再见
房子空了，家具都卖掉了
不久之后，你的气息会腐朽发霉
不知道我为什么还自找麻烦打电话，没有人接听
不知道为什么我还自顾自地歌唱，没有听众。

——《分离》，《间接伤害》第十首

听说过有一只一生都在追汽车的狗吗？它最终追到了一辆，却不知道该拿它怎么办？

我就是那只狗。

因为我正在这里，在米娅·豪尔身边，这件事我梦想了三年多，可是：现在怎么办？

我们要去吃饭，而这里，城西的某个地方，显然已是她的目的地。“这里有停车场。”我们抵达的时候米娅说。

“啊—哦。”这就是我能想到的回答。

“以前我从没见过曼哈顿哪家餐馆有停车场，就是这一点吸引我走了进来。然后我发现所有的出租车司机都在这里吃饭，而出租车司机一直都是判断好餐馆的法官，不过那时候我还不确定是不是因为这里有停车场，要知道免费停车要比廉价而美味的饭菜更加吸引他们。”

米娅滔滔不绝。而我在想：我们真的是在谈停车？我们两个，就我所知，在这里都没有自己的车。我又一次受到打击，我竟然对她这么不了解，不知道她的生活的任何细节。

餐馆主人领着我们走进一个火车座，米娅突然表情很痛苦。“我不该带你到这里来，可能你早就不来这种地方吃东西了。”

她是对的，就事实而言。但这并不是因为我更加喜欢阴暗、昂贵、私密的餐馆，而是因为我总是被带去或者被留在那种地方。但是这里坐满了头发花白上了年纪的纽约本地人和出租车司机，没人会认出我。“不会，这里很好。”我说。

我们在一个靠窗的火车座里坐下来，旁边就是被炫耀过的停车场。不到一分钟，一个矮壮、毛发浓密的家伙就走过来。“大师，”他称呼米娅，“好久不见。”

“你好啊，斯特弗拉斯。”

斯特弗拉斯丢下菜单，转脸看着我。他扬起一侧浓密的眉毛。“那么，你终于把男朋友带来给我们见见了！”

米娅的脸飞红了，看到她被人认作是我的女朋友时这么尴尬，我有种被羞辱的感觉，但也感到一丝安慰。这个感觉不自在的女孩更像是我以前认识的那个人，那种接听手机时永远不会躲开别人的人。

“他是一位老朋友。”米娅说。

老朋友？这是降级还是升级？

“老朋友，是吗？你以前可从没带别人来过。美人，一个像你这么有天赋的女孩。尤菲米娅！”他吼了一声，“到这儿来。大师有个同伴！”

米娅的脸简直要变成猪肝色了。她抬起头，用嘴唇示意：“他老婆。”

从厨房里晃出一位同斯特弗拉斯很像的女人，矮矮的，体形接近正方形，脸上的浓妆有一半像是要融化在她双下巴底下的脖子上。她在沾满油污的白围裙上擦了擦手，然后对米娅微笑了。“我就知道！”她说，“我就知道你藏着一个男朋友。像你这么漂亮的女孩。现在我知道你为什么不愿意同我们家唐尼约会了。”

米娅咬紧了嘴唇，对我挑起眉毛；她对尤菲米娅做了一个假假的心虚的微笑。被你抓到了。

“行了，别打扰他们了。”斯特弗拉斯插嘴说，用劲拍了一把尤菲米娅的屁股，从她面前蹭了过去。“大师，你还是老规矩？”

米娅点点头。

“那你的男朋友？”

米娅真的撑不住了，餐桌上的沉默显得格外漫长，就像有时你仍能听到那些大学电台因故障造成的间隔性中断。“我要一个汉堡,炸薯条,还有一瓶啤酒。”最后我这样说。

“非常好。”斯特弗拉斯拍手叫好,仿佛我刚才告诉他的是治疗癌症的方法。“豪华款奶酪汉堡,单面煎洋葱圈。你的小伙子太瘦了。就跟你一样。”

“你要再不长点肉,很难生出健康的孩子来。”尤菲米娅加了一句。

米娅把头埋进双手里,仿佛她正在做实践性的尝试,想要消失在自己的身体里。他们走了之后,米娅偷瞄了一眼。“上帝啊,这真是尴尬。显然,他们没把你认出来。”

“可是他们知道你是谁。很难想象他们会是古典音乐爱好者。”然后我低头看着自己的牛仔裤,黑色 T 恤,做旧款板鞋。曾经,我不也是一位古典音乐粉丝嘛?所以这也很难说。

米娅哈哈笑了。“哦,他们不是。尤菲米娅认得我,是因为我在地铁里拉琴。”

“你在地铁里卖唱?有那么困难?”随即我意识到了自己在说什么,想要收回。像米娅这样的人,不要问她们是不是困难,尽管我知道,在经济上,她并不窘迫。丹尼在教工联盟险之上还追加了生命附加险,赔款应该够米娅生活得很宽松,尽管当时还不知道二次保险的事情。也是因为这个原因,在事故之后,镇里的一帮音乐家做了几场义演,为米娅的茱莉亚音乐学院基金凑了大概五千块钱。当时这个关爱的举动使她的祖父母,还有我,都很感动,可是却惹恼了米娅。她拒绝接受这笔捐款,说这是血钱,她的祖父劝她说接受别人的慷慨也是一种慷慨，这样可能会使社区里的人觉得好受一些，她却挖苦说让别人感觉好受不是她的责任。

但米娅只是微笑了。“是一阵风式的想法。结果却是出人意料地管用。我来这里吃饭的时候，尤菲米娅看到我，她记得我是在哥伦布环形站。她很自豪地告诉我当时她往我的盒子里扔了整整一块钱。”

米娅的电话响了。我们都停了下来，听着细微的旋律。贝多芬在回响。

“你要接吗？”我问。

她摇摇头，表情似乎有些歉疚。

不一会儿铃声停止了，然后又响了起来。

“你今天晚上炙手可热呀。”

“炙手可热不清楚，倒是有大麻烦了。我本该在演奏结束后去参加晚宴。很多大牌人物，经纪人，捐助人。我敢断定来电话的不是茱莉亚学院的教授，就是青年艺术家音乐会的组织方，或者是我的经理人打电话来骂我。”

“或者是欧内斯特？”我以人类所能企及的轻松语调说。因为斯特弗拉斯和尤菲米娅可能根据一些事情推断出米娅有一位公子哥男朋友，一位她不会拉来希腊餐馆吃饭的男朋友。只是他不是我。

米娅又一次显得很不自在，“可能吧。”

“如果你要跟人谈事情，或者，有场合要出席，可别为我耽误了。”

“不。我应该把手机关掉。”她把包拿过来，关掉了手机。

斯特弗拉斯端了一杯冰咖啡给米娅，给了我一瓶百威，然后留下另一段由他带来的尴尬沉默。

“那么……”我开口。

“那么……”米娅重复说。

“那么，你经常到这儿来。这里就像是你的一个据点？”

“每次我想要做高尚的人的时候，我就来这里吃希腊菠菜馅饼。这里离学校很近，所以我以前经常来。”

以前经常？今天晚上不下二十次了，我又一头雾水。米娅三年前离家来读茱莉亚音乐学院。今年秋天她该是四年级。可是她在卡耐基音乐厅里演奏？她有经纪人？我突然希望自己曾经对那篇文章更加用心一点。

“为什么不再来了？”这句废话里回响着我的沮丧。

米娅的脸像是被刺到一样精力集中起来，一条焦虑的小毛虫爬上了她的鼻梁。“什么？”她飞快地问。

“你不是还在学院吗？”

“哦，这个，”她说，放心地舒展开眉头，“我以前解释过了。我春天就毕业了。茱莉亚学院有三年毕业计划，针对那些……”

“卓绝的艺术家。”我本意是在赞美，但让我苦恼的是，我连米娅·豪尔的棒球卡都没有——关于她的得分统计、精彩赛事和职业最佳表现——这句话变得酸溜溜了。

“有天赋的学生，”米娅纠正说，几乎是在道歉，“我早一点毕业就可以早点开始巡演。现在，其实，是现在才开始。”

“哦。”

我们面对面坐着，难堪地沉默着，直到斯特弗拉斯端来饭菜。点菜的时候我还没觉得饿，可是闻到汉堡的香味，我的肚子就开始咕咕叫了。我想起来自己一整天只吃了几只热狗。斯特弗拉斯在米娅面前摆下一堆盘子：沙拉、菠菜馅饼、炸薯条、米饭布丁。

“这就是你经常点的？”我问。

“我跟你说过。我两天没吃东西了。而且你知道我有多能吃。你以前见过，我是说……”

“如果还想要什么，大师，你直接喊一声就行了。”

“谢谢，斯特弗拉斯。”

他走了以后，有几分钟我们都忙着吃炸薯条，同番茄酱交谈。

“那么……”我开口。

“那么……”她重复道，“大家都怎么样？乐队其他人？”

“很好。”

“他们现在在哪儿？”

“伦敦。可能还在路上。”

米娅的脑袋歪向一边，“我想我听你说过你明天走。”

“是，嗯，还要处理一些事。运送东西什么的。所以我多待了一天。”

“哦，那很幸运。”

“什么？”

“我是说……挺幸运的，不然我们就不会突然遇到了。”

我看着她。她是认真的吗？十分钟前她的样子还像是就要加冕成为我潜在的女朋友，而现在她说今天晚上我对她的尾随是一种幸运。或者这只不过是今晚聊天的一部分客气内容而已？

“利兹呢？她还同萨拉在一起？”

哦，这是一段寒暄的插曲。“哦，是的，感情更坚固了。她们打算结婚，还为了是去同性恋婚姻已经合法化的爱荷华州登记，还是继续等俄勒冈州立法通过而大吵了一通。都是让结婚这种麻烦事闹的。”我不敢置信地摇了摇头。

“什么，你不想结婚？”她问，声音中暗含着质询。

要回应她的注视其实有些困难，但我强迫自己挺住。“永远不会。”我说。

“哦。”她说，听起来像是放心了。

别慌，米娅。我不会求婚的。

“你呢？还在俄勒冈？”她问。

“不。我现在住在洛杉矶。”

“又一个逃到南方来的雨季难民。”

“是啊，差不多就是这样。”我无需告诉她二月里就能穿着轻便的衣服在室外进餐让人感觉有多新奇，而完全没有季节变化又是多么的不对劲。似乎我与在灰暗的冬季就需要坐在日光射灯下面的那些人相反。在洛杉矶阳光灿烂的非冬季里,我需要待在阴暗的储藏室里才能感觉良好。“我把我父母也接来这里了。热一点对我爸爸的关节炎有好处。”

“是啊,爷爷的关节炎也挺严重的。是他的髋关节。”

关节炎?多么像是告知近况的圣诞节贺卡啊!又及,比利已经学完了游泳课,托德的女朋友怀孕了,露易丝阿姨切除了她的拇囊炎。

“哦,那可真糟糕。”我说。

“你知道他这个人。他就是一味地忍痛。事实上,他和奶奶已经旅行了不少地方,准备到巡演时来看我,都办了新护照。奶奶甚至还找到了一位学园艺的学生,在她出门的时候照看她的兰花。”

“那么你奶奶的兰花怎么样?”我问。很好。我们现在谈到花了。

“还是总在得奖,所以我想它们应该也很不错。”米娅低下头。“我很久没看过她的温室了。自从到这儿以后我就没有回去过。”

对此我既感到吃惊——又不感到吃惊。仿佛这是我早已知道的,尽管我也想过,可能哪天我由镇上路过,米娅已经回来了。又一次,我把自己看得过于重要了。

“你应该找个时间去看看他们,”她说,“他们看到你会很高兴的,你现在这么有出息。”

“我现在这么有出息？”

我抬起头，她正从瀑布般的头发下面偷偷看着我，还诧异地摇了摇头。“是啊，亚当，你现在多么不可思议啊。我是说，你做到了。你是摇滚巨星！”

摇滚巨星。这些词就像弥漫的烟雾和镜子，要想在它们背后找到一个真实的人是不可能的。可是我就是一位摇滚巨星。我拥有一位摇滚巨星的银行户头，还有摇滚巨星的白金唱片，还有一位属于摇滚巨星的女朋友。可是我恨这个词，听到米娅给我贴上这个标签，我的怨恨升到了最高点。

“你有乐队其他人的照片吗？”她问，“手机里或者别的地方？”

“是呀，照片。我的手机里存了一堆照片，只是被落在酒店里了。”全是狗屎，可是她永远不会知道的。如果她想要的不过是那种照片，我可以直接去那边角落里的报刊亭给她买一本《旋转》。

“我有一些照片。是一些真正的相纸照片。因为我的手机太古老了。我想，我有一些奶奶和爷爷的，哦，还有很多亨利和薇洛的。去年夏天，他们去参加马尔伯勒音乐节的时候来看过我。”她告诉我，“比阿特丽克斯，也叫特里克丝，他们这样叫她，还记得他们的那个小女孩吗？现在她五岁了。他们又有了一个孩子，小男孩叫泰奥，为了纪念泰迪。”

提到泰迪的名字，我的心抽紧了。在感情的微积分学上，你永远不能真正知道，这个人的不在对你产生的影响会比其他人多多少。我爱米娅的父母，可是在某种程度上我还能接受他们的死亡。他们走得太早了，可是顺序是对的——父母早于孩子——虽然，也不是，如果从米娅的祖父母的角度来想。可是不管怎样，我还是不能接受泰迪就这样被永远留在了八岁。每年，我长一岁，我就想到泰迪也会长一岁。他现在差不多该十二岁了，在每一个脸上冒着青春痘来看我们演出和要签名的少年身上我都看见了他的影子。

我们还在一起的时候，我从没告诉过米娅，失去了泰迪让我有多难受，现在我也不可能告诉她。我已经失去了谈论这些事情的权利。我已经放弃——或者说已经被解除了——同豪尔一家坐在一起的权利。

“是去年夏天的一些照片，所以有点过时了，不过你还是能知道大家现在的样子。”

“哦，那很好。”

可是米娅已经在翻提包。“亨利还是那样，像个长过了头的孩子。我的钱包呢？”她把提包拿到桌上。

“我不想看你的照片！”我的嗓音像凿冰一样刺耳，像父母的呵斥一样大声。

米娅停下不再翻了。“哦，好吧。”她好像经过磨练，变得很稳重。她拉好包，坐回座位，在这个过程中，她打翻了我的啤酒瓶。她开始像疯了一样从纸巾盒里抽纸巾，想要吸干那些液体，好像在桌上流淌的是电池泄露的酸液。“该死。”她说。

“这没什么。”

“不。我制造了一场大麻烦。”米娅气喘吁吁地说。

“你已经差不多擦干了。喊你的老朋友过来就好了，剩下的事情他会处理的。”

她继续疯狂地擦着，直到纸巾盒里的纸巾已经被她用光了，附近能够拿到的每一张干燥的纸片都被她用光了。她将湿透了的纸团成了一个球，我想她大概是要用自己光着的胳膊来擦桌面了，我注视着这整个过程，有些不知所措。直到米娅好像泄了气。她停住了，垂下头。然后她抬起头，用那双眼睛看着我。“我很抱歉。”

我知道潇洒的应答该是：没什么，这不是什么大事，我身上没有溅到一点啤酒。可是突然，我不敢肯定我们是不是在说啤酒，而如果我们不是在说*啤酒*，如果米娅是在做什么秘密的道歉……

你为什么抱歉，米娅？

即便我能够开口这样问——而实际上我不能——她也已经跳出了火车座，几乎是小跑去了洗手间，去冲洗掉她身上的啤酒，仿佛她是麦克白夫人。

她离开了，我在等着，她留在包厢里的模棱两可凝固成团坠入我心灵的最深处。因为在过去的三年间我设想过许多的场景。它们中的大多数类似于巨大的错误，或者天大的误解。我的很多幻想是米娅以各种方式哀求我的原谅，为她以残忍的沉默回报我的爱而道歉，为就她的行为来看那两年的生活——那两年我们的生活——最后一文不值而道歉。

可我总会突然止住这种她因为离开而道歉的幻想。因为,尽管她可能不知道,但她只是做了我对她说过的,她可以做的事。

九

有过迹象。也许比我在事后发现的还要多。可是全都被我错过了。也许是因为我没有寻找它们。我忙着看自己的肩膀有没有被烧着而疏忽了我前面一千英尺远的悬崖。

那年秋天米娅决定去读茱莉亚音乐学院,其实早在春夏之交,情况已经很清楚了,她能去,我说我要陪她一起去纽约。她只是给我这样一副表情,不行。“以前从没说过这个,”她说,“怎么现在就应该去呢?”

因为之前你是一个完整的人而现在你没有了脾脏。也没有了父母。因为纽约可能活生生地把你吞掉,我心想。但我什么也没说。

“现在是时候让我们都回到自己的生活里了。”她接着说。之前我只是在半工半读地上大学,自从车祸发生之后就完全停止了,现在还剩下一个学期的功课没有完成。米娅也没回过学校。她也落下了很多课,所以现在她请了家教帮她读完最后一年,这样她就能按时毕业去茱莉亚。其实是走完这些流程,即使她不再交作业,她的老师也会让她通过的。

“还有乐队怎么办?”她问,“我知道他们都在等着你。”这也是实情。就在出事之前,我们刚在西雅图一家名叫微笑的西蒙的独立唱片公司录制了自己的署名唱片。夏初,专辑出来了,尽管我们没有去巡演做宣传,这张 CD 还是很畅销,成千上万所大学的广播电台都播了。流星乐队那时被主流唱片公司包围了,他们都想要签下这支目前只在理论上存在的乐队。“还有你那把可怜的吉他,都快被你忘到一边去了。”她说,脸上是哀伤的微笑。从我们为比基尼乐队的暖场演出流产的那天算起,吉他还没有被从盒子里拿出来过。

所以,我同意了这种长距离的安排。部分是因为不可以同米娅争辩,部分是因为我并不是真心想要退出流星乐队。但同样,我对我们之间的距离盲目乐观。我是说,之前我曾经担心过大洲大洋会将我们分开。可是现在?两千五百英里对我们能算什么?除此之外,金还得到纽约大学的入学许可,在离茱莉亚几英里的市区。她也会照看米娅。

可是,金在最后一分钟改变了计划,去了波士顿的布兰代斯。这让我很恼火。在出事之后,我和金经常会在一起聊聊米娅的进展,给她的祖父母一些相关信息。我们对谈话内容保密,如果米娅知道我们在合伙商量,她可能会杀了我们。可是金和我,我们就像米娅战队的联合指挥。如果我不能搬去纽约同米娅在一起,那么我觉得金就有责任住在她的附近。

很长一段时间我都对此感到焦虑不安,直到在一个酷热的七月的夜晚——还有一个月金和米娅就要走了。金到米娅祖父母的房子来同我们一起看 DVD。米娅很早就去睡了，所以只剩下我们两个要看完那部自命不凡的外国片。金一直同我讲米娅，讲她现在恢复得多好，就像一只在跟着影片学舌的叽叽喳喳的鹦鹉。我最后让她住嘴。她垂下眼睛，然后鼓起勇气。“我知道你在烦什么，不是这部烂片子，那你怎么不直接骂我一通，这事就能过去了。”她说。然后她哭了起来。我从没见金哭过，像这样真正大哭，在悼念仪式上也没见她这样，所以我立刻觉得自己很烂，我向她道歉，还尴尬地抱了抱她。

等她停止了抽泣，她擦了擦眼睛，跟我解释了米娅是怎么使她决定选择布兰代斯。“我是说，我是真的想去那所学校。在异教的俄勒冈州已经住了这么久，我真的很想去一所犹太人学校，但纽约大学也很好，纽约有很多犹太人。可是她对此非常生气。她说她不想要什么‘保姆小时工’，这是她的原话。她发誓说如果我去了纽约大学，她会认为那是我们酝酿的一个计划，目的是为了看住她。她说那她就会切断同我们的联系。我跟她说我不信，可是她眼里的神情是我从未见过的。她那么认真。所以我照做了。你知道那个时候我费了多大力气才重新选好学校的吗？另外，我交给纽约大学的学费押金也被没收了。可是不管怎么样，这是这些天来唯一让米娅高兴的事。”金惨兮兮地微笑了一下。“所以，我也不知道为什么这让我感觉这么悲惨，内疚吧，大概。信仰濒临崩溃的表现。”接着她又哭了起来。

这是足够大声的警告。我想，我当时一定是用手指把耳朵堵住了。

可是当这一天到来的时候，一切都很平静。

米娅去纽约。我搬回摇滚排屋。我返校。世界还未到末日。开头的几周，米娅和我互相发了大量的电子邮件。她的信全是讲纽约，她的班级、音乐、学校。我的信全是关于我们同唱片公司的会面。利兹已经计划好了感恩节前的一大堆演出——这之前我们应该认真练练，鉴于我已经好几个月没有摸过吉他了——可是，在迈克的坚持下，我们要先谈好生意。我们要去西雅图和洛杉矶见几家唱片公司的执行经理，还有一些从纽约来的企宣要来俄勒冈州找我们。我跟米娅讲过他们的许诺，他们每一个人都说会对我们的声音精雕细琢，使我们成为超级巨星。我们乐队的全体人员都想尽量保持冷静，可是也很难不被他们所描述的幻相迷惑。

米娅和我，我们每天晚上都在她上床之前打晚安电话。她总是很疲惫，所以电话里的谈话总是很短，一个听听对方声音的机会，适时地讲一声*我爱你*。

学期过了三周，一个晚上，我打电话的时候有些晚了，因为那天我们在波特兰的鸽子餐厅陪一位来看我们的唱片公司公关吃晚饭，所有的事情都有点晚了。我打的电话被转接到了语音信箱，我知道她已经睡了。

但是第二天，没有收到她的电子邮件。“对不起我晚了，你生气了吗?"我给她发信息。

"没有。"她回复说。我也就放心了。

可是那天晚上,我按时打电话过去,电话还是被转接到语音信箱。第二天,米娅发来了一封只有两句话的极为简短的邮件,说乐团的排练非常紧张。所以我也认为这是正常的。生活开始忙碌起来了。毕竟,她是在茱莉亚音乐学院。她的大提琴又没有无线上网功能,而且她是米娅,那个大家都知道的每天练琴八小时的女孩。

但从那时起我开始在不同的时间打电话,起早了的时候我能在她上课前找到她,或者在她吃晚饭的时间打。可是我的电话一直被转接到语音信箱,从没得到回拨。她也不再回我的短信。我还能收到邮件,但不是每天都有,虽然我的邮件写满了越来越多的绝望的质询——你为什么不接手机?你的手机丢了?你还好吗?——她的回答总是敷衍,说很好,然后说她很忙。

我决定去她祖父母家看看。在米娅复原期间,我差不多同他们在一起生活了五个多月,还答应经常去看他们,不过我食言了。我发现没有米娅在身边,要在这间漏风的老房子里多待一会儿都很难,这里贴满了鬼魂的照片——丹尼和凯特的结婚照,还有一张让人内脏抽成一团的十二岁的米娅给坐在她膝盖上的泰迪念书的照片。可是与米娅的联系被削减了,我需要答案。

那年秋天我第一次去的时候,米娅的奶奶对着我的耳朵唠叨了半天她的花园,然后就去她的温室了,留下我和米娅的爷爷坐在厨房里。他煮了一壶很浓的咖啡。我们没怎么说话,就那样倾听着木柴在火炉里的噼啪声。他看着我,那么悲伤,我甚至想要跪倒在他的椅子前面,将脑袋放在他的膝盖上。

我又去看过这对老夫妇几次,甚至在米娅完全切断了与我的联系之后,情况几乎没有改变。我觉得这是一种很坏的伪装,我假装是来看望他们,其实是想得到一些新消息,一些解释。不,我真正盼望的并不是一个最后的决定性的消息。我想要他们对我说:"米娅没再给我们打电话。她跟你还有联系吗?"当然,他们不会这么说,因为这种事根本就不可能发生。

事实上,我不需要从米娅的祖父母那里得到任何确认。在我的电话被转接到语音信箱的第二天晚上我就知道了,对我,那就是我的尽头。

我不就是这样告诉她的吗?我不是站在她的身边对她发誓说如果她能留下来,我做什么都可以,即便放手让她离开?事实上我讲这些话的时候,她处在昏迷之中,还要三天才能醒来,而且我们谁也没有提到我说过的这些话——这几乎是不相干的。由我自己来担着好了。

我搞不懂的是她怎么会这样。我从来没用过这么残忍的方式甩掉一个女孩。即使是同骨肉皮。我总是把女孩护送出我的房间或者房车之类的,在她的脸上克制地吻一下,说"谢谢你,很愉快"或者在纸条上写类似的话来结束。那是女歌迷。米娅和我在一起已经两年多了,的确,我们是高中恋情,可它依然是那种我想要找到一种方式使它能够永远持续下去的恋情，那种比如说，五年后我们再遇到对方，她不是提琴天才少女，我也不是一支新崛起乐队的成员——或者我们的生活也不曾这样分崩离析——我还是很肯定我们要永远在一起。

我开始认识到：知道有些事情发生了，即使你知道它为什么发生，但同接受它也还有巨大的差距。因为当她不再联系我时，我就知道发生了什么事。可是过了很长，很长一段时间我才开始相信。

有些时候，我仍然还是不敢相信。

十

转轮手枪，一二三四
她说我必须选择，选择你或者选择我
金属抵住太阳穴，爆炸震聋了耳朵
舔着覆盖我的鲜血
她是站在那里的最后一个
——《转轮手枪》，《间接伤害》第十一首

我们离开餐桌之后，我开始紧张。因为我们只是碰巧遇到了对方。我们都礼貌友好，谈了自己的近况，那么剩下的只有说再见？可是我还没准备好。我很肯定的是和米娅不会再有另一篇后记，而我将不得不在今晚的灰烟中度过余生，所以相比停车场、关节炎和半途而废的抱歉，我还有更多一点期待。

这也就是为什么我们走过了一个又一个街区，而米娅既没有叫出租车也没有溜走、道晚安，对我来说感觉就像缓刑。在我的鞋底拍打着人行道发出的脚步声里，我几乎能够听见那个词，缓刑，缓刑，回荡在城市的街道上。

我们一言不发地走进第九大道一条更加安静，更为不入流的路段。在一座阴冷的过街天桥下面，一帮无家可归的家伙们支起了帐篷。有一个问我要零钱。我扔给他一枚十美分的硬币。一辆公交车开过，柴油发动机的排气管里喷出一团乌云。

米娅指着街对面，“那里是港务局公交车站。”她说。

我只是点了点头，不知道我们是要像谈论停车场那样谈论公交车站的一切，还是她想打发我离开。

“那里面有家保龄球馆。”她说。

“在公共汽车站?”

“很疯狂，对吧?!”米娅喊道，突然活力四射。“最初发现的时候我也不敢相信。我去波士顿看望金，回来晚了，在这里迷路了出不去，就看到了它。这让我想起了复活节寻彩蛋。你还记得我和泰迪寻彩蛋吗?”

我记得米娅以前是什么样的。遇到跟糖果有关的节日她总是个大笨蛋——尤其是在逗泰迪开心这件事上。有一次复活节里，她费心费力地画了很多煮鸡蛋，都藏在院子里等着泰迪第二天早上来找。可是那天下了一整夜的大雨，她涂的彩蛋都变成了斑驳的灰色。米娅非常沮丧，都要哭了，可是泰迪竟然兴奋到尿了裤子——那些鸡蛋，他说，不是复活节蛋，而是恐龙蛋。

“是啊，我记得。”我说，

“每一个热爱纽约的人都有不同的理由。文化。混杂的族群。节奏。食物。可是对我，这里就像是一场史诗般的复活节寻彩蛋。你总能在每一个角落里找到小的惊喜。像这座花园。像在这个巨大的公交车站里的保龄球馆。你知道——”她停住了。

“怎么?”

她摇摇头。“今天晚上你可能本来有计划的。去酒吧,或是有随行人员要见?”

我转了转眼睛,“我没有随从人员,米娅。”语气是非我本意的生硬。

“我没有嘲讽的意思。我只是猜测摇滚巨星,名人,总是有一大帮人跟着。”

“别再猜测了。我还是我自己。”算是。

她好像很吃惊。“好吧,那你有没有什么要去的地方?”

我摇摇头。

“现在很晚了。你要去睡吗?”

“我这些天不是很想睡觉。我可以在飞机上睡。”

“那么……”米娅抬脚踢开一些垃圾,我意识到她仍然很紧张。“那我们开始在市区复活节寻蛋之旅。”她停顿了一下,转向我的脸看我能否明白她在说什么。我当然非常清楚她讲的每一个字。“我带你看所有我深爱的这个城市里的每一个不为人知的角落。”

“为什么?”我问她。等这句话一出口,我就想踢自己。你得到了你的缓刑,现在闭嘴!可是我仍然想知道。如果我搞不清楚自己为什么会去她的音乐会,那么我就彻底迷惑她为什么把我叫去,为什么我现在还在这里。

“因为我想带你去看。”她的回答很简单。我盯着她,等她做出更详细的解释。她的眉毛拧了起来,她想要解释。然后她似乎放弃了。她只是耸耸肩。一分钟后,她又试了一下:“也是,我还没有完全离开纽约,不过也算是了。我明天去日本有两场音乐会,然后韩国一场。之后我会回纽约呆一周,然后我的巡演正式开始。我一年大概会有四十周在路上,所以……”

“玩寻蛋游戏的时间不多了?”

“差不多吧。”

“所以这也算是你的告别之旅?”告别纽约?告别我?

对于我,这个告别有点晚了。

“我想,也可以这么认为。”米娅回答。

我站住了,就像是我真的在考虑这一点,就像我在衡量自己的选择,就像是对她的邀请的回复还没有想好。然后我耸耸肩,演得很像。“对呀,为什么不呢?”

但我对公共汽车站还是有点不放心,所以在我们进去之前我戴上了墨镜、帽子。米娅领着我走过铺了橙色地砖的大厅,松香味的清新剂没能完全盖住小便的气味,乘了几次电动扶梯,穿过几座已经关闭的报刊亭和快餐店,又乘了几次电动扶梯就到了一个闪耀的霓虹灯标示下面:“休闲时光保龄”。

“我们到了。”她说,有些害羞,有些骄傲。“自从我偶然发现了这个地方,就有了任何时候只要到了车站就会抽空过来一趟的习惯。后来我也开始到这儿来消磨时间。有时,我就坐在吧台里,买一些玉米片看着别人打保龄。”

“为什么自己不打?”

米娅把头偏向一侧,然后用手指敲了敲手肘。

啊,她的手肘。她的阿基里斯的脚踵。她身体的有些部位,表面上,是没有在事故中受到伤害,没有打过石膏,也没有打过金属钉,也没有做过植皮手术。可是在她重新开始拉大提琴,想要重新找回自己的那段疯狂的日子里,她的手肘受伤了。X光也拍了。核磁也做了。医生没有发现任何问题,告诉她说可能是比较糟糕的淤伤,也可能是神经挫伤,建议她停止练习,这把米娅惹火了。她说如果不能拉琴,她就一无所有了。*那么我呢?*我一直这样想,可是从没开口问她。总之,医生的话她没有理会,她忍痛练习,直到疼痛要么是好转了,要么是她已经习惯了。

“我试过几次带茱莉亚学院的人来,可是他们都不愿意进去。不过这没关系,”她对我说,“这是我热爱的地方。这里是、完全是属于我个人的。我甚至都不需要动手打球来表达这份欣赏。”

你来自伊甸园的男朋友太尊贵了,不能与油腻的餐馆和保龄球馆共处?

我和米娅以前一起玩过保龄球,有时是我们两个,有时是与她全家人。凯特和丹尼都是很厉害的保龄球手,这也属于丹尼复古癖好里的一部分。甚至连泰迪也能打个八十分。*不管你喜欢不喜欢,米娅·豪尔,一些低层次的东西早就已经编织进了你的*

DNA，这要谢谢你的家人，也许，还要谢谢我。

“我们现在玩保龄球吧？”我建议。

这项提议让米娅笑了。然后她又敲了敲自己的手肘，摇摇头。

“不用你打，”我解释说，“我来打。你可以看着。只是为了让你更有感觉。或者我甚至可以为咱们两个打。好像你也应该在这里有张计分表。这才算是你的告别之旅。”

“你为我做这些？”她语气里的惊讶使我深受触动。

“是，为什么不？我也很多年没玩保龄球了。”这并非全是实话。布瑞恩和我几个月前为了什么慈善事业打过一场保龄球。为了某些有意义的事业，我们付了两万块钱租了一条球道，然后我们甚至连球都没碰，只是布瑞恩在闲聊的时候喝了点香槟。我是说，谁会在保龄球馆旁边喝香槟？

走进休闲时光，里面有啤酒味，还有蜡和热狗的气味，鞋子消毒剂的气味。这才是保龄球馆应该有的气味。球道上站着的都是一些极为少见、一点都不咄咄逼人的纽约客，他们好像真的是为了打保龄球而来保龄球馆的。他们不看我第二眼，他们甚至都没有看我们。我租了一条赛道，然后给我们俩各租了一双鞋。要提供全套服务。

米娅穿上她的那双鞋，简直手舞足蹈，她一边踩软鞋子，一边挑了一只粉色的八磅球要我用来替她打。

“名字怎么写？”米娅问。

以前，我们经常会用音乐家的名字，她会选一位老成古董的女朋克，我会选一位古典音乐家。琼与费德里克，或者是黛比和路德维格。

“由你来选。”我说，因为我不太确定我们要在多大程度上回归过去。等我看到她写上去的名字，我几乎要摔倒在地。凯特和丹尼。

看到我的表情，她很尴尬。“他们也很喜欢保龄球。”她慌忙解释说，飞快地把名字换成了帕特和莱尼。“这样好吗？”她有点兴奋地问。

两个字就把毛骨悚然改掉了，我想。拎着那只“帕特的”粉色球，走进球道的时候，我的手又开始打颤，可能这也是为什么我只打翻了八个瓶子的原因。米娅不在乎。她在欢呼。“剩下的是我的。”她喊。然后她突然意识到自己的情绪有些激动，低头看着她的脚。“谢谢你给我租的鞋。很合脚。”

“没问题。”

“这里怎么会没人认出你呢？”她问。

“这是一个有语境的问题。”

“也许你可以拿掉你的眼镜，这样跟你说话有点别扭。”

我忘了自己还戴着眼镜，感到自己很蠢，总要戴上眼镜的第一反应真蠢。我摘了下来。

“好多了。”米娅说，“我不明白为什么古典音乐家都觉得保龄球是没钱的白人才玩的东西。这么好玩的运动。”

我也不知道为什么茱莉亚学院的势利鬼与我们之间的这种小比较和竞赛总是让人感觉一阵颤抖，可是就是这样。我打翻了米娅剩下的两个瓶子。她鼓掌，很自豪。

“你喜欢那里吗？茱莉亚，”我问，“那里的一切跟你想象的一样吗？”

“不。”她说，又一次，我感到一种奇怪的胜利的欢欣。然后她解释说。“比想象的还要好。”

“哦。”

“不过，也不是一开始就这样。最初还是很艰难的。”

“这不奇怪，你知道，考虑到所有的事。”

“问题就在这儿，考虑到所有的事。要考虑的事情太多了。我最早到那里的时候，那里同其他地方一样，大家都非常周到。我的室友太周到了，她甚至看到我就掉眼泪。”

我记得，过度同情者。有几周她都不同我交流。

“我遇到过的所有室友全是些大惊小怪搞戏剧化的女王。第一年我换了很多次房间，直到最后我搬出了宿舍。你知道吗？我在那里住过十一个不同的地方，我想这也可算是一项纪录了。”

“想来那还真是巡演的演练。”

“你喜欢巡演？”

“不。”

“真的？可以去很多不同的国家。我还以为你会很喜欢。”

“我看到的只有酒店、演出场地，还有在巡演大巴车窗外面一晃而过的田野。”

“你就从来没游玩观光过?”

乐队其他人会。他们参加那些私密的贵宾旅游,像在对公众开放之前去罗马大剧院转一圈之类的。我也可以跟着去,但这就意味着要同乐队一起行动,所以我就干脆躲在酒店里把自己关起来。“很少有那种机会,”我撒谎说,“刚才你说,你的室友总是有问题。”

“是啊,”米娅继续说,“超负荷的同情心。好像所有的人,包括全体教师,都会有点紧张地围在我身边,而他们实在不该这样。简直就像进行中的仪式——当你第一次进乐团把你那部分弄得很不配合,在所有的人面前琴拉得支离破碎时,大家就会是那种反应。除了我。仿佛我这个人不存在。没人敢批评我,也没人敢信任我,这可不仅是因为我拉琴拉得太好。”

“也许,是拉得太好。”我说。靠近些,在保龄球上擦了擦手。

“不,不是。入学之后首先要上的课是理论课。我们有位教授,他姓雷姆斯科。他在系里举足轻重。俄国人。想象一下你能想到的最严苛的那种类型,他就是那种人。一个刻薄、干枯瘦巴的小老头,简直是陀思妥耶夫斯基的翻版。我爸爸可能会很爱他。开学几周之后,我被他叫去办公室。那通常可不是什么好兆头。

“他坐在一张乱糟糟的实木桌子后面,桌子上堆满了乐谱和纸张。他开始跟我讲他的家庭。乌克兰犹太人。逃过了沙俄对犹太人的大屠杀。然后又经历了二次世界大战。然后他说,'每个人的人生都有他自己的困难。每个人都有自己的痛苦。这里的全体教职员都愿意呵护你,因为你不幸的遭遇。不过,我的看法是,要是我们那样做,那场车祸不如把你也杀了,因为那样我们就会扼死你的天才。你愿意我们那样做吗?'

"我不知道该怎么回答,所以就傻站在那里。然后他对我大吼了一声:'你愿意吗? 你愿意我们扼死你的才华吗?'我使劲控制着自己说了一个'不'。然后他说,'很好。'接着就捡起一根指挥棒之类的棍子把我轰了出来。"

我想到很多地方,很多可以用来掰断这家伙的指挥棒的地方。我抓起球,抛在球道上。它以令人满意的一拍击中了瓶子;瓶子飞向四面八方,像是在怪兽哥斯拉面前奔逃的渺小人类。等我回到米娅的身边,我已经冷静多了。

"很不错。"她说。在她说话的同时,我说:"你的教授听着像是个混蛋。"

"是,他是社交礼仪最糟的人。当时我也被吓到了,不过现在回想,那是我生命中最重要的日子之一。因为他是第一个没有只是抬手放我过去的人。"

我转身,很高兴可以这样从她身边走开,这样她就不会看到我的脸。我扔出她的粉色球,落在球道上,但是扭矩偏了,球滑向了右边。我只击落了七个瓶子,而剩下的三个是分开的。下一次我只能选中一个。为了平衡起见,到我打自己的球道时,要打倒六只瓶子。

“所以,几天后,在乐团里,”米娅继续说,“我的滑奏部分脱离开了,而且很严重。”她微微笑着,沉浸在蒙羞的愉快回忆里。

“再也没什么比得过公众的鞭挞了。”

“对!非常了不起。就像是世界上最好的治疗。”

我看着她。“治疗”曾经是被禁止的词汇。我们曾经给米娅安排过创伤心理医师,医院和康复中心都有过,但她一回到家之后就拒绝再出来见任何心理医生。我和金都反对,跟她争论过。可是米娅声称每星期用一个小时的时间谈论她已经死去的家人,那不是治疗。

“在那之后,每个教员都放松下来,”她告诉我,“雷姆斯科对我尤其严厉。没有时间休息。没有大提琴就没有生活。夏天我在音乐节上演出。阿斯本音乐节,还有万宝路音乐节。雷姆斯科和欧内斯特都催我参加青年艺术家音乐会项目,这简直是疯了。跟这个项目相比,进茱莉亚倒像走过场一样轻松。但是我做到了。我加入了。这就是为什么我今天晚上会在赞克尔厅。一下子所有的门都敞开了。我现在有经纪人了。有几个对我很感兴趣。也是这个原因,雷姆斯科催我早点毕业。他说我已经准备充分了,可以上路去演出了,我也不知道他说得对不对。”

“根据你今晚的演出判断,他说得对。”

她的表情突然变得那么急切,那么年轻,甚至有些使人痛心。“你真的这么看吗?我举办过独奏会,也参加过音乐节,可是这次很不一样。这要完全靠我自己,或者要几个晚上同管弦乐队、四重奏或全体室内音乐会成员合作。”她摇摇头，“有时我想我应该在乐团里争取到一个稳定的职位，有连贯性。就像你和你的乐队。舞台会变，但演出的人不变。这么多年都同利兹、麦克和费兹在一起，肯定很安慰。”

我想到乐队，在我们说话这会儿，他们正坐在飞机上飞越大西洋——至少现在海洋隔开了我们。然后我想到了米娅，她演奏德沃夏克的样子，还有她谢幕之后音乐厅里观众们的表现。“不，你不要那样做。那样会浪费你的才华。”

“你现在说话像雷姆斯科。”

“很不错。”

米娅笑了。“哦，我知道他像个不通人情的混蛋，可是我仔细想了，他这么做是因为他想在职业道路上指给我一条捷径，他在帮忙填补空白。”

米娅停下来，转身看着我，她的眼睛牢牢地盯着我，搜寻，靠近。“可是他并不是非这么做不可。这不是所谓的填补空白。你了解，对吗？你一直都了解。”

突然，这一天内发生的所有的垃圾场面都跳回了眼前——凡妮莎和布瑞恩，还有“大肚观察”和《无序》，还有阴暗的要住在不同酒店的六十七天，尴尬的沉默，还有要同一支站在我背后但不再支持我的乐队一起演出。

这很相像，米娅，你不明白吗？音乐成了空白，而这一切都是因为你。

十一

流星乐队一直都是一支有格调的乐队——感觉第一位，事业第二位——所以我从未为乐队费过很多的心思，没考虑过他们的感受，或者他们对我长期离开的怨恨。我想他们接受我的缺席，并且我不需要做出解释。

在我从自己的阴霾中走出来，写下了第一批十首歌之后，我给利兹打电话，要她组织乐队一起吃个饭，聚一下。餐间，我们围坐在俱乐部之桌——这样叫是因为利兹在这张我们从街上捡来的、笨重的二十世纪七十年代的木质餐桌上铺了一层又一层的乐队宣传单，底下还涂了足有一千层的亮光漆，使它看上去确实像是俱乐部里的桌子。开始，我为自己的失踪道歉，然后我掏出自己的笔记本电脑，给他们放了我刚写出来的新东西。利兹和费兹都睁圆了眼睛。他们听了一首又一首：《桥》、《尘土》、《缝合》、《转轮手枪》、《赋予生命》。蔬菜烤宽意面在他们的嘴边摇摆。

“伙计，我们还以为你直接放弃，去干什么垃圾工作了，可能还得了相思病，你可真能整啊，”费兹嚷嚷着，“这些东西他妈的真的很摇滚。”

利兹点点头。“对，并且它们很美。一定非常宣泄。”她说，靠过来握了一下我的手。“我很想看看歌词。你的电脑里有吗?”

“胡乱写了一些在纸上,都在家里。我敲进电脑里发邮件给你。”

“家里,这里不是你的家吗?”利兹问,“你的房间像个博物馆一样,谁也没动过。你怎么不搬回来呢?”

“也没什么东西要搬。除非你已经把我的东西卖了。”

“我们倒是想啊,灰尘太多了,没人愿意要。”费兹说,“不过,我们脱下帽子来总是扔到你床上。”费兹狡黠地笑了笑。我以前不该跟他说我变得越来越像死去的祖父,相信他那些奇怪的迷信,比如他虔诚地相信帽子放在床上会带来厄运。

“别担心,我们全都渎圣。”利兹说。显然费兹跟她讲过。

“怎么,就这些?”麦克说,指甲敲了敲我的电脑。

“伙计,这已经十首歌了。”费兹说,他咧开大嘴笑着,牙上沾着一大块菠菜。“十首好得不可思议的歌。这是实打实的一张专辑。我们足可以进录音棚了。”

“这是已经写完的十首,”我插话说,“我至少还有十首歌要写。我还不知道会是些什么,但它们现在就像是要直接从我的脑子里流淌出来,就像是这些歌早就已经写完了,录完了,而有人在急着赶快演奏它们。我会尽快写完。”

“听从缪斯的吩咐,”利兹说,“她可是个很难伺候的情妇。”

“我说的不是这些歌,”麦克说,“我们甚至都不知道专辑还有没有可能。还有没有唱片公司想要我们。我们本来憋足了劲儿向前冲,可是全都被他毁了。”

“他没有毁掉任何东西,”利兹说,“第一,这不过才几个月,还有,更重要的是,我们在微笑西蒙公司发的唱片已经攻破了独立音乐的版图,在校园电台上播了成千上万次。而且我在各个校园都下了功夫,边边角角都顾及到了,”利兹继续说,“随着采访和其他形式的跟进,就能使火种重燃。”

“还有,伙计们,《完美世界》已经有了超越,它就要上卫星广播电台了,”费兹说,“我很肯定那些企宣的家伙们会很乐意见我们,会为了听到这些歌挤得屁滚尿流。”

“你不知道,”麦克说,“他们有他们的流行趋势。限额。他们想要的配置。而我的看法是,他”——他用手指指着我——“一句话不说就扔下乐队,现在又大摇大摆地回来,好像这不算什么。”

麦克说得有理,但并不是我拖了大家的后腿。“听我说,我很抱歉。有时我们都会有自己的难关。你们如果愿意,可以把我替换掉。找个新的吉他手,还有你们同唱片公司的合约。”

从他们三个脸上一闪而过的表情我就知道,这一点也不是没被讨论过,但似乎被利兹否决了。流星乐队是一家民主的机构,我们总是一起做决定。但在最关键的事情上,利兹说了算。她是创始人,在看过我在镇上的演出之后,她找我来弹吉他。然后是她拉来了费兹和麦克,所以人员变动最终是要听她的。或许这就是麦克同另一位鼓手用“农场能手”这个名字到外面演出的原因。

“麦克,我不明白你这是在搞什么,”费兹说,“你是想要一盒巧克力？还是要亚当送你一束美丽的花来表达歉意？”

“你滚开，费兹。”麦克说。

“我会买花给你，”我提议说，“黄玫瑰。我相信它象征着友谊。花多少钱无所谓，我说到做到。”

“怎样，这下可以了吧？”费兹继续说，“爷们儿，这他妈的有什么用？现在我们有这么好的歌。我多么希望这些歌是我写的。可它们是亚当写的。他熬过来了。现在他又回到了我们身边。所以现在咱们该回过神来好好弄音乐了，看能做到什么程度。也许，你知道，能给我们的孩子们以后的生活增添一些乐趣。所以，朋友们，过去的就过去了。”

最终麦克的担忧全是毫无道理的。有些秋天还在追着我们跑的唱片公司态度冷淡了，可是仍有五六家公司对我们充满兴趣，当我们给他们寄去后来成为《间接伤害》这张专辑的小样之后，他们全都像是上了弹道，我们拿到了合同，签了我们之前并不知道的那家工作室，里面有个家伙叫盖斯。

有一段时间，一切都好。费兹和利兹说得都很对。录制《间接伤害》是一个宣泄的过程。还充满了欢乐。跟盖斯一起工作很紧张。他给我们带来了嘈杂、喧哗，他要我们别害怕自己还生涩的力度，我们都很赞同。在西雅图录音的那段日子很爽，住在唱片公司的公寓里很爽。一切都很好。

没多久专辑出来了，开始上路巡演。五个月的艰难行程，走遍了北美洲、欧洲、亚洲。最开始,这像是全世界最激动人心的事。那时也确实是这样。可这也是一项惩罚。很快,我就感到疲惫、孤单。有大量的空闲时间用来思念她。我经常躲进自己的酒店房间里,在巡演大巴的最后一排藏起来。我总是把所有的人推开,甚至包括利兹。特别是利兹。她不傻。她知道是怎么回事——也知道原因。她不是那种脆弱的花朵。她一直看着我。所以,我就挖洞,直到她累了,不想再试图将我挖出来。

巡演还在进行,专辑就开始卖疯了。白金,然后是双白金。巡演门票总是一抢而空,我们的推广人员不得不加票来满足需求。衍生品遍地开花。流星乐队的T恤衫、帽子、海报、不干贴甚至还有特别版的流星乐队望远镜。一下子,媒体都扑过来了。每时每刻都有采访,开场总是奉承。大家都非常看重我们了,他们要读,我们不得不说。

可是在采访中,怪异的事情开始出现了。记者会跟我们几个一起坐下来,敷衍着问几个问题,然后就将麦克风和镜头对准了我。我会递给乐队其他人。这时,那些记者们就会要求只采访我,我通常都会拒绝,直到突然之间这变成了采访我们的唯一的方式。

巡演的第四个月,我们在罗马。《滚石》派了一名记者来和我们待了几天。一天夜里,演出结束了,我们凑在饭店的酒吧里。那是非常美好温馨的一幕,我们坐在一起,轻轻松松的,喝着格拉巴。这时那位记者开炮了,全是令人难以招架的问题。全都对准了我。我是说，我们在场的有十几个人——我、利兹、费兹、麦克、奥尔德斯、几个管理员、几个骨肉皮——可是那位记者表现的像是房间里只有我一个人。“亚当，在你看来，《间接伤害》有一个单一叙事吗？如果是，你能详细解释一下吗？”“亚当，你认为这张专辑是否代表了你作为一名歌曲写作者的成长？”“亚当，在别的访谈里你提到你不想步入‘黑色的摇滚巨星之路’，但你要怎么样才能不被自己的名气窒息？”

麦克当场失态。“你劫持了整支乐队！”他对我吼道，像是房间里只有我们两个，就像是没有记者在场。“这并不只是亚当·维尔德个人演唱会，你知道，我们是一支乐队、一个集体。我们有四个人。这个你在步入‘黑色的摇滚巨星之路’的时候就早忘了吧？”

麦克转向记者：“你想了解杰出的亚当·维尔德？我有几个精心选择的细节。比如咱们的摇滚巨星每次演出前必须做那套疯子一样的伏都教把戏，每次演出前都把自己搞得像是歌剧女主角，你要是在后台吹吹口哨，他也会大动肝火说会带来厄运……”

“麦克，够了，”利兹着急插话进来，“每一位艺术家都有他自己的仪式。”

而那位记者，正在一边匆忙地做着笔记，一丝一毫都不想放过。然后奥尔德斯斡旋说大家都累了，便把乐队之外的其他人都轰出了酒吧，他试着想要我同麦克和好。但这时麦克又开始第二轮的辱骂，他说我已经变成了一个在聚光灯下扭来扭去的傻蛋。

我看向利兹，希望她能再一次为我出头，可是她只盯着自己的饮料。于是我又转向费兹，可他只是摇了摇头。“我真没想到要我说出这句话，成熟点，你们俩。”然后他就走了。我用哀求的目光看着利兹。她一脸的同情，可也很疲惫。“麦克你越线了。”她干巴巴地对麦克说。可是接着她转过来，摇摇头。“亚当，算了。你要试着从他的角度想想。从我们所有人的角度。要宽宏大量真的很难，尤其是你曾经放弃过我们。我知道你这么做的原因，可是这并没有让一切变得易于接受。”

他们全部——他们全都反对我。我举起双手投降了。我跑出了酒吧，很奇怪地几乎要流下眼泪。在大堂里，那个已经跟我们混了好一阵子、名叫瑞菲拉的意大利模特正在等出租车。她看到我，向我微笑。出租车来了，她歪头示意，请我也坐进来。我去了。第二天，我离开乐队住进了另一家酒店。

故事立即上了滚石杂志的网站，几天之后各家小报都登了。我们的唱片公司非常不安，推广人员也一样，所有的人都以各种形式警告说如果我们不为演出合同增光的话会付出什么样的代价。奥尔德斯像职业调停人一样在我和麦克之间飞来飞去。他完全帮不上忙。他出了一个天才才能想出来的主意，一直延续到今天，用费兹的话说，就是“分居”。接下来的巡演也还是这样安排，我住一家酒店，乐队其他人住另一家酒店。我们的宣传人员决定安排我和麦克分开接受采访，这样会比较安全。所以，现在记者们约我都是单独访问了。是的，这些改变都帮了大忙！

结束《间接伤害》的巡演回来的时候，我差不多算是退出乐队了。我从波特兰同费兹的住处搬了出来自己住。我避开这些人。我很生气，同时也觉得耻辱。我不知道到底是怎么回事，但是很显然我把一切都毁了。本来可能就这样结束了，但是一天下午，利兹来我的新住所，让我给自己留出几个月的呼吸空间，看我感受如何。“经过我们在一起的这几年，任何人都会变得有点癫狂，尤其是你经历的这几年。”她这样说，这就在我们之间在最大程度上知会到了米娅。“我不是来要求你做任何事的。我只是要你不要做任何事，看几个月后你的心情如何。”

然后专辑开始获得各种奖项，接着我遇到了布瑞恩，搬到了洛杉矶，不需要同他们打很多交道，所以我的伤口愈合了，卷入了又一轮。

只有布瑞恩知道那场巡演把我推到了怎样的崩溃边缘，而我又是多么地害怕即将开始的下一轮。“摆脱他们。”这是她的解决办法。她认为我有某种负罪情结，来自低微的出身是我不愿意单飞的原因。“看，我明白了。喝彩声是你应得的，要接受这点很难，可是你要接受。那些歌是你写的，绝大多数的曲子也是你谱写的，这就是为什么大家会关注你，”她对我说，“有才华的是你！不是那些只有漂亮脸蛋的家伙。如果这是一场电影，你就是两千万美金身价的明星而他们只是联合主演，可是相反，你跟他们平分了，”她说，“你不需要他们。特别是他们给你带来的这些哀伤。”

可是,这不是钱的事儿。从来都不是。而单飞似乎并不是解决方案,只不过是跳出煎锅又进火坑。而且还是要有巡演,每每想到这点就让我不舒服。

“为什么不去找找维斯布斯医生?”布瑞恩从多伦多打电话来建议,她最新的那部电影把她困在那里了。早在几个月前,维斯布斯的精神药理学家的头衔就让我念念不忘。“看他能不能给你开点药效强一点的药。等你回来,我们同布鲁克一起认真地谈一下你单飞的事情。可是你必须先做完这场巡演。不然你的声誉就垮了。”

有些事情比声誉垮掉还要糟糕,对不对?我就是这么想的。可是我没有说。我只是给维斯布斯打了电话,搞到了几张处方,为了巡演我要把自己变成铁人一般。我想布瑞恩明白,正如我自己明白,认识我的人都明白,那就是尽管亚当·维尔德外表一副坏男孩的样子,但他说到就会做到。

十二

有一块铅在我的心脏跳动的地方
医生说要取出来太危险
你最好还是这样不管
身体围绕着它生长，一个奇迹，应该赞美
只要，现在，我能通过机场的安检
——《子弹》，《间接伤害》第十二首

米娅没有告诉我下一站的目的地。她说因为这是她的秘密纽约之旅，所以就应该保密，然后她领着我走出港务局，下行，下行，下行到了地铁隧道的迷宫。

我跟随着她，尽管我不喜欢秘密，尽管在米娅和我之间已经有了足够多的秘密，尽管地铁像是我所有恐惧的顶点。封闭的空间。拥挤的人群。没有逃脱的出口。我跟她说了这些，可是她用先前我在保龄球馆里说的一句话反驳了回来："谁能想到亚当·维尔德凌晨三点会在地铁里？连一个随从人员也没有？"她向我开玩笑地笑了笑。"再说，这趟旅行绝对没问题的。在我的纽约，我都是乘火车的。”

我们到了时代广场地铁站，那里挤了很多人就像还是周四下午的五点钟。我心里开始警铃大作。我们走进人挨人的站台，我更紧张了。我全身僵硬，向后靠在一根柱子上。米娅看了我一眼。“这是个坏主意。”我嘟囔着说，但我的担忧被开进来的列车带走了。

“夜里车次不是那么多，所以大家肯定都等了很久。”米娅大声说，盖过了喧哗。“不过又来了一辆，看，一切都很好吧。”

我们上了车，然后我们都发现米娅错了。车厢里挤满了人。喝得醉醺醺的人。

我能感觉到很多焦渴的眼睛在盯着我。我知道自己的药已经吃完了，可是我需要吸一根烟。就是现在。我掏自己的烟盒。

“你不能在车上吸烟。”米娅悄声说。

“我需要。”

“那是违法的。”

“我不在乎。”要是我被捕，至少在警察的监禁下是安全的。

她突然火了。“要是你希望不引起别人的注意，那你怎么不想想用打火机点火是不是会起到相反的作用？”她把我推到一个角落里。“没事了，”她小声哼着歌，我预感她会抚摸我的脖子，以前每当我紧张时她都会那么做，“我们就站在这儿，如果到三十四大街，车厢还不空，我们就下车。”

到了第三十四大街，下去了一帮人，我感觉好了些。在第十四大街,又有更多的人下车了。可是突然,在运河站,我们的车厢里上来了一群时髦分子。我转身朝向车的右边,靠近售票席的那一头,背对着那些骑士。

大多数人都难以理解同一大帮人处在一个小的封闭空间里会把我吓到什么程度。我想,三年前,我自己都难以理解。但那时的我还从没有过这种经验,在明尼阿波利斯的一家小唱片店,我自顾自地想着自己的事儿,突然一个家伙认出了我,喊出了我的名字,简直就像玉米在热油里爆成了爆米花:先开了一个,又开了一个,然后它们一下子全都爆开了,到最后,这群安静的在唱片店闲逛的懒鬼突然变成了一伙儿暴民,围住了我,抱我挤我。我喘不过气来。一动不能动。

这很恶心,因为单独会面的时候我会喜欢歌迷,可是当他们成了一群人,并且这群人完全被本能控制住了,他们似乎忘记了你也不过是一位凡人:有血有肉,会被擦伤,会被吓到。

不过似乎我们在角落里还好。直到我犯了一个致命的错误:只是扭头往后瞥了一眼,确定是否真的没有人在看我。就在那不到四分之一秒里,出事了。我看到了某个人的眼睛。我被认出来了,这就像是点燃了一根火柴。我甚至嗅到了磷的气息。然后所有的事情都像是慢动作一样开始了。首先,是一阵不同寻常的寂静。然后是一阵窃窃私语。在传递消息。我听到了我的名字,以演员对观众悄声耳语的音量,传遍了整节喧闹的车厢。我看到有人用手肘轻推,有人在找手机、翻提包,他们精神振奋了,腿脚开始挪动。这些发生的时间不过是几秒钟，却总是痛苦难熬，像是打出了第一拳，但还没有打到。一个留着胡子的家伙要从座位上站起来，张开嘴喊我的名字。我知道他并无恶意，但只要他暴露了我，整节车厢的人都会跑过来。从地狱里挣脱出来，只有三十秒钟。

我抓起米娅的胳膊，一拉。

"啊哦！"

我把地铁车厢之间的门扯开，我们挤进了下一节车厢。

"你在干吗？"她说，连续打着我的后背。

我不听。我拽着她走过一节又一节车厢，直到列车慢下来，开进了车站，然后我拉着她下了车，走上站台，再迈上台阶，一步两阶，我大脑的某些部分发出模糊的警告说我太粗鲁了，而大脑的另外一些部分对此完全不理不睬。到了街上，我又推着她走了好几个街区，直到我确信没有人在后面跟踪。我停住了。

"你是想杀死我们俩吗？"她叫道。

一支充满罪恶感的弩箭正将我射穿。但我立刻把箭反手向她扔去。

"哦，那你又是怎么了？你想我被一群暴民攻击吗？"

我低下头，看到自己还握着她的手。米娅也在看。我放开了。

"亚当，哪里的暴民？"她很柔和地问。

她跟我说话的语气就像我已经变成了一个疯子。就像我每次恐慌发作时，奥尔德斯所做的那样。可是至少奥尔德斯永远不会责怪我是在幻想歌迷们的攻击。他已经见过太多次了。

“在底下，有人把我认出来了。”我嘟囔着，从她身边走开。

米娅犹豫了几秒钟，随后跑了几步跟了上来。“没有人知道那是你。”

她的天真无知。多么奢侈的天真无知。

“车里所有的人都知道那是我。”

“你在说什么呀，亚当？”

“我在说什么？我在说有摄影师搭帐篷住在我家门前。我说的是我差不多两年没进过任何一家唱片店。我说我不能一个人走在街上，免得像一只鹿在狩猎季节走在开阔场地一样的恐惧。我说的是每次我感冒，都会有小报出来说我是可卡因毒瘾发作了。”

我看着她，站在已经沉寂的城市的阴影里，她的头发落在脸上，我能看出她在使劲儿想我是不是已经错乱了。我不得不压制住自己的渴望——想要抓起她的肩膀，一把将她推倒在已经关门的大楼外墙上，直到我们两个都感到那穿越我们体内的震颤的铃音。因为我突然想要听到她的骨头咔嚓响的声音。我想要感觉到她的肉体有多柔软，想要听到在我的髋骨挤压下她的喘息。我想把她的脑袋向后扳，让她的脖子全都露出来。我想要紧紧地撕扯她的头发，直到她呼吸困难。我想要她哭，然后舔干她的眼泪。然后我想把我的嘴唇放在她的嘴唇上，将她的气息吞没，将所有她不能理解的事情传输给她。

“全都是狗屎！该死的，你为什么要带我走?”肾上腺素在我体内乱窜，我变成了是在吼叫。

米娅好像吓了一跳。“我跟你说了。我想要带你参加我的秘密纽约之旅。”

“好吧。我对秘密有点吃不消了。能劳驾您告诉我咱们要去哪里吗？问这个问题他妈的也不行?”

“天哪，亚当。你什么时候变成了这样一个……”

自大狂？混蛋？自恋癖？我能用上百万个单词来填空。这些以前都被人用过。

“……家伙?”米娅说完了。

有一秒钟，我几乎要笑出来了。家伙？这就是她要说的？这让我想起父母以前给我讲过的事，小时候我要是被惹火了，会非常激动，生气，然后骂他们：“你，你，你……活塞!”就像这已经是最坏的诅咒了。

可是随后我想起来了，米娅和我一天夜里有过一次交谈。她和金喜欢把一切事物都分为正反两类，并且米娅总会宣扬她的新发现。一天，她告诉我，男人直接分为两种：男人和家伙。基本上，世界上所有的圣贤是：男人。怪物们、浪荡子，还有湿 T 恤大赛①的狂热分子？他们可以称为家伙。那时候，我是个男人。

① 湿 T 恤大赛：一种会在海滩或俱乐部举行的，带有色情意味，有很多比基尼女郎参与的玩乐项目。

现在我变成家伙了？一个家伙！有一刻，我流露出了受伤的表情。米娅困惑不解地看着我，她什么也不记得了。

是谁说的过去不会死亡，让时间回到过去。是未来已经死了，已经玩出局了。今天晚上的一切都是个错误。时间不容我再来。不犯那些我已经犯下的错误。收回我做出的承诺，不能带她回来。也不能带我回来。

米娅的表情变了。或许她是回想起了什么。因为她在做自我辩解：她怎么会叫我是家伙，因为家伙们总是需要知道计划、方向；她为什么打算带我去史坦顿轮渡，这说不上有什么神秘的，但是曼哈顿人很少会这样做，这很可惜，因为那里是看自由女神像的绝佳角度，而且更重要的是，轮渡是免费的，而在纽约没有免费的东西。如果我担心那里人太多，我们就可以把这件事忘掉，不过我们可以去看看，如果不是空着的——她确信在夜里这个时候应该是没有人在——我们可以在轮渡离岸时转头离开。

我不知道她是否还记得那番关于男人和家伙的差别的谈话，但这真的无关紧要了。因为她说得对。现在我就是个家伙了。我的记忆可以精确到我变成现在这个样子的那一晚。

十三

骨肉皮立刻就出现了。也许她们一直都在，只是我没有注意到。因为我们的巡演一开始，她们就嗡嗡地飞过来，就像蜂鸟把它们的喙探入春天的花朵里。

我们签下唱片公司之后做的第一件事就是聘请奥尔德斯做我们的经理人。《间接伤害》本该在九月份发片，唱片公司在秋末安排了一场小规模的巡演，但奥尔德斯有不同的想法。

“你们这些家伙该把自己的老本行捡起来，”奥尔德斯这样说，当时我们刚完成了混录，“你们要回到路上。”

所以专辑一出来，奥尔德斯就在西海岸排出了一场连着一场的演出，在我们以前演过的那些酒吧里，与我们的歌迷大本营再次重合——或者是为了提醒他们我们这支乐队还存在——而且在相同的观众面前演出也能起到热身的作用。

唱片公司给我们租了一辆很漂亮的伊克诺莱恩，后车厢还装着一张很漂亮的床，前面有车头拖着，可是除了这个，我们出发的时候，没有感觉到与我们之前的演出有什么不一样。

但完全不一样了。

首先，不知道为什么《赋予生命》立即就脱颖而出，成了打榜单曲。甚至在两周的巡演结束之后,它的核心动力也还在建构,事情就是这样发生了,在每一场连贯的表演中你能感觉到。来看的人很多,门票整批被抢空,队伍一直排到墙角,然后消防局的人出现了。所有这些不过是在两周之内发生的。

还有能量。就像是带电的电线,像是演出现场的每一个人都知道我们就在那里,已经逼近门槛了而他们也想成为其中的一员,也想要属于我们的历史。就像是我们都在这个秘密里。也许这就是为什么那些是我们最好的、最狂热的摇滚现场——无数人跑到舞台上来跳下去,人们跟随每一首歌尖叫,尽管还没有人在这之前听过我们的新歌。我感觉很好,很痛快,因为尽管事情发展成这个样子纯粹是运气,我也从没把乐队搞砸过,毕竟。

骨肉皮似乎也是这场能量波,是歌迷群不断成长膨胀的一部分。最早,我没想到她们是骨肉皮,因为很多女孩我都看着有些脸熟。只是以前她们很友好,现在她们开始厚起脸皮挑逗。我们在洛杉矶的第一场结束之后,一个几年前在后台认识的神通广大的小妞——她叫薇薇,有一头平滑的黑发,瘦长的胳膊上有一圈雏菊花环文身——给了我一个大大的拥抱,然后就亲到了嘴唇上。她一晚上都缠着我,手搂在我的后腰上。

那时,我已经退役将近一年了。米娅和我,嗯,她先是住院,然后转到康复中心,即使她不是全身缠满缝合线、橡皮膏和弹力绷带,也没可能。所有那些在医院里用海绵擦洗沐浴的性幻想全是笑话。再没有比医院更使人不能勃起的地方了。那里的气味本身就有消毒净化作用——相对欲望来说。

她回家之后，楼下有个房间原来是她奶奶的缝纫室，我们把它变成了米娅的卧室。我在隔壁的起居室里的沙发上睡过。二楼有多余的房间，可是米娅还要用拐杖走路，不能爬楼梯，而我也不想住得离她太远。

尽管我每天晚上都在米娅那里睡，但我并没有正式搬出摇滚排屋，一天晚上——是米娅回到她祖父母家几个月之后，她提议我们去那里。同利兹和萨拉吃过晚饭之后，米娅拖着我上了楼——我的房间。门在我们身后关上的那一刻，米娅就扑向我，张大了嘴巴吻我，像是要把我吞下去。我先是向后退了一步，被这突然迸发的情欲吓坏了，担心会伤害到她，同时也是真的不想看到她大腿上那一截鲜红的伤疤，那里做过取皮手术给她做植皮，也不想碰到她另一条腿上像蛇皮一样的伤痕，尽管那道伤疤还在弹力绷带的覆盖下。

可是她已经吻了我，我的身体已经被唤醒了，随之，我的顾忌也被抛到了云外。我们躺倒在我的蒲团上。但就在进行中，她突然哭了。开始我没听出来，因为她的小声啜泣听着像是她发出的那种呻吟。可是很快，强度增加了，从她的身体内部发出来一些可怕的动物般的嚎哭。我问是不是我伤到她了，可她只是说不是，要我离开房间。等她穿戴整齐走出来后，她要我带她回家。

之后她还同我试过一次。一个夏天的晚上，还有几周她就要离开去茱莉亚了。她的祖父母出门去她戴安姑妈家了，所以晚上家里只有我们两个,米娅提议我们住到楼上的房间去,因为楼梯对她来说已经不成问题。那时天气很热。我们打开了窗子,搬走了那些古老的被子,只留下被单。我记得我感到很拘谨,在这么长时间之后跟她睡在同一张床上。于是我给自己找了本书,还给米娅拿了一堆枕头,让她可以把腿垫起来,她喜欢这样睡觉。

"我还不想睡。"她说,用一根手指滑了滑我赤裸的胳膊。

她靠上来吻我。不是平常那种干巴巴地在嘴唇上碰一下,而是吻得很深,意味深长的吻。我也回吻她。但随即我想起了摇滚排屋的那一晚,她那种像动物般的哀恸,她走出那间卧室时眼里的恐惧。不行,我再也不会把她送进那个蛀虫洞了。不行,我自己也不会再一次滑进那个蛀虫洞。

在洛杉矶的那一夜,薇薇的手贴在我的后腰上,我急不可待地去了。我在她的住处过夜,她早晨陪我过来同乐队其他人一起吃了早餐,然后我们启程去下一站。"下次你来这里给我打电话。"分手的时候她悄悄在我耳边说。

"翻身上马,我的战友。"费兹说。他同我击掌,然后我们的房车转头向南。

"是啊,恭喜,"利兹说,有点难过,"可别再提别人的伤心事了。"萨拉最近从法学院毕业了,在为一家人权组织工作。抛开一切,跟着利兹到处去巡演的日子一去不复返了。

"别因为你和麦克被拴住了,就跟我们来吐苦水,"费兹说,"巡演就是寻欢,对吧,不羁·汉?"

“不羁·汉?”利兹问,“你要转型成这样了?”

“没有。”我说。

“嗨,要是名副其实……”费兹说,“幸运的是,我开拔之前找弗瑞德·梅耶要了一包经济装的安全套。”

在洛杉矶,有另一个女孩在等待。然后在圣地亚哥,另一个。可是完全不会有下流的感觉。埃莉,洛杉矶的那个女孩是老朋友。莱娜,圣地亚哥的,她是研究生——聪明又性感,年长一些。没有人会幻想这种放纵会成为一场盛大的浪漫。

直到倒数第二场演出时,我遇到了一个女孩,她的名字一直是个未知。我在台上注意到她。整场演出,她的眼睛就锁定在我身上,一刻不停地盯着我看。这让我非常不安也让我非常自信。我是说她真的是在用她那双眼睛在给我脱衣服。你会不由自主地充电、勃起,那种极为明显地被别人渴望着的感觉真的很好。

演出结束之后,我们的唱片公司为我们举办了 CD 发片晚会,凭邀请函入内。我没想到会在那里见到她。可是几个小时之后,她来了,大步向我走来,身上的衣服穿得一半像妓女,一半像超模:裙子短得不能再短了,靴子能兼做军事级别的武器。

她行军到我的正前方,以不太平静的语气宣告:“我不远万里从英国赶来就是为了干你。”说完之后,她拉起我的手走出大门,去了她的酒店房间。

第二天早晨是不曾有过的事后尴尬。我可耻地走进浴室,迅速穿好了衣服,想要溜出去,可是她就站在那儿,已经收拾好了准备走。“你在干什么?”我问。

“跟你走啊?”她说,仿佛这是再明显不过了。

“跟我去哪儿?”

“去波特兰,亲爱的。”

波特兰是我们演出的最后一场,差不多等于欢迎回家,因为我们现在都住在那里。不再是公社般的摇滚排屋了。利兹和萨拉有了她们自己的地方。麦克搬去同女朋友住。费兹和我一起租房子。不过我们还在同一区,走几步路就到了,走路也能到我们租下来排练的地方。

“我们是房车。不是巡演大巴。”我告诉她,低头看着自己的匡威鞋。“而且波特兰是最后一场,有家人和朋友。你不应该来。”并且你不是我的亲爱的。

她皱眉,我摔门出去了,心想结束了。可是等我在波特兰现场试音的时候,她已经在了,在等我,穿得像色情女郎。我要她离开,态度很不好。这下子针锋相对了:关于这样做事有个说法叫骚扰。我是个混球,我知道,可是我很疲惫了。我叫她不要来。她却大模大样地吓唬我。不只是她一个。两周之内,有四个女孩全都让我头大。我需要一个人清静一下。

“滚开,亚当,你他妈的还不是摇滚明星呢,别装得像是个不可一世的下流胚。你没有那么好。”大家都在,她就是这么嚷嚷。

于是我叫管理人员把她弄出去。她离开的时候尖叫着辱骂我,我的性技巧,我的妄自尊大。

“不羁·汉，还真是。”利兹说，挑了挑眉毛。

“是啊。”我说，内心一点狂放不羁的男人的感觉都没有，真想找间屋子钻进去躲起来。我不确定，但直觉告诉我，这将是极为悲惨的五个月，票全都卖空，骨肉皮蜂拥而至。鉴于我遗世独立的倾向，你会以为我已经学会了对那些不断送上门来的免费的情感敬而远之。可是在演出结束之后，我渴望交流。我渴望肌肤——尝到另一个女人的汗水。如果不能是她的，好吧，那么任何人的都行……都能应付几个小时。不过我确实吸取了教训——不留客过夜。

所以，在西雅图的那一夜可能是第一次我变成了一个家伙。但那不是最后一次。

十四

坏巫师睡在你的床侧
我的耳边有人私语说:死了更好些
我的梦里充满了警笛和遗恨的信号灯
温柔地吻我,当我醒来,大汗淋漓
——《嘘!》,《间接伤害》第三首

到底,我还是跟米娅去了轮渡。不然我又能怎样?因为她没有保留一份我们每次谈话的记录而发脾气。这就是人们所说的继续生活。

她说的轮渡已经接近消亡的话是对的。在凌晨四点半,没有多少人要去史坦顿岛。大概有十来个人躺坐在楼下的长沙发上。夜间流浪者三重唱中的一位躺在长椅上睡着了,夜戏重演,不过当我们走过他们身边,其中一个女孩抬起头来看着我。然后她问她的朋友,"嗨,那是亚当·维尔德?"

她的朋友笑了。"对,在他身边的是小甜甜布莱尼。亚当·维尔德怎么可能在史坦顿岛的轮渡上?"

我也在问自己同样的问题。

但这显然是米娅的事了，这是她的再见了纽约之旅——尽管我不是要真的离开。所以我跟着她上楼，走到船头，靠近扶栏。

我们正离开纽约，身后的天际线正在后退，这边是哈德逊河，那边是码头。水面上极为平静、安宁，只有几对海鸥追随着我们的浪花，嘎嘎叫着，在寻找食物。我想，或许今夜只有它们陪伴我们。我开始放松，不再让自己紧张。

几分钟后，我们突然正对着自由女神像。夜间的自由女神像灯火通明，女神手上的火把也被照亮了，像是真的有火焰在燃烧，在欢迎拥挤不堪的人们。哦，女士，我来了。

我从没来看过自由女神像。人太多了。奥尔德斯曾经邀请我一起坐私人直升机来看，可是我不坐直升机。但现在，她就在那里，我明白了为什么她会是米娅的目的地。在图片上，雕像看着总是有些严酷、毅然决然，但凑近些，她就柔和多了。她的脸上有表情，仿佛她知道一些你不知道的事。

“你在微笑。”米娅对我说。

我也意识到了。也许这是一项我原以为被禁止了的特权，也或许是雕像的表情会传染。

“很好，”米娅说，“有一阵子没见到了。”

“很有意思，”我回答说，“因为我正想着她。”我手指着雕像，“似乎她拥有某种秘密。生活的秘密。”

米娅抬起头。“是。我明白你的意思。”

我吐了一口气。“我能够真正使用那些秘密。”

米娅歪着脑袋斜过护栏。“是吗？那么问她要吧。”

“问她？”

“她就在那儿。那里没有人。没有像蚂蚁一样在她脚边爬来爬去的游客。跟她要她的秘密。”

“我不打算问她。”

“你想要我问？也可以，不过那是你的问题，所以我想你会引以为荣的。”

“你有了跟雕像谈话的新习惯？”

“对。还有鸽子。现在，你想问什么？”

我看着米娅，她双手抱在胸前，有点不耐烦了。我转身靠在护栏上，“哎，雕像？哎，自由女神像。”我低声喊道，旁边没有人，但仍然非常尴尬。

“大声点。”米娅刺激我。

搞什么呀。“嗨，雕像，”我喊了出来，“你的秘密是什么？”

我们都悬在水面上竖起耳朵，就像是在等待回应。

“她说什么？”米娅问。

“自由。”

“自由。”米娅重复说，同意地点点头。“不，等等，我想还有别的。等一下。”她趴在栏杆外面，睁大了眼睛。“嗯，嗯，啊哈。”她转向我。“显然，她的睡袍里面没有任何内衣，当海湾的轻风吹拂，会带来一种特别的颤抖。”

“自由女神不穿内裤,”我说,“这太法国了。”

米娅笑得不行了。“你觉得她在游客面前走光过吗?”

“不可能! 你想为什么她的表情像是有个小秘密? 那些红脖子乡巴佬清教徒一船一船地来了,从没想过老自由女神竟然没穿内裤。她也许还很大胆地做了体毛全脱。”

“好吧,我不想见到这一幕,”米娅在呻吟,“还有我可能要提醒你,我们也是从乡巴佬州来的——算是。”

“俄勒冈是一分为二的,”我回答,“乡巴佬都在东部,西部是嬉皮士的天下。”

“说到嬉皮士,还有不穿内裤……”

“啊,不,现在我真的不想见到这一幕。”

“乳房解放日!”米娅哈哈大笑,提到了我们镇上那六十多个到期不卸任的家伙。每年都会有一次,一帮妇女不穿上衣,抗议男人不穿上衣合法而女人不行。她们的抗议是在夏天,不过俄勒冈毕竟是俄勒冈,一半时间,还是冷飕飕的,所以会有很多上了年纪被冻得抽在一起的皮肉。米娅的妈妈总是威胁说要去参加游行,她爸爸总是带她到好的馆子吃一顿,贿赂她不要去。

“从我的 B 罩杯上拿开你的 B 级轻罪。”米娅说,笑得上气不接下气,引述了运动中比较好笑的口号。“这毫无道理。如果你露出了乳房,为什么还要乳罩?”

“道理? 那是些倒霉嬉皮士的主意。你还想在其中发现逻辑?”

“乳房解放日，”米娅说，擦去眼泪，“美好的老俄勒冈！上辈子的事了。”

是的。所以不是击掌赞同的心情，但这是事实。“你为什么从不回去？”我问。我真想知道的不是俄勒冈被抛弃的原因，不过藏在我们州的绿色大毯子下面似乎会安全些。

“为什么我该回去？”米娅问，目光一动不动地看着水面。

“我不知道，那里的人。”

“那里的人可以到这里来。”

“去看看他们。你的家人。在……”噢，狗屎，我在说什么呢？

“你说墓地？”

我点头。

“实际上，他们是我不回去的原因。”

我点头。“太痛苦了。”

米娅笑了。真实的纯粹的笑，就像是雨林里汽车的鸣笛。“不，完全不是那样。”她摇摇头。“你真的认为你被埋葬的地方就是你的灵魂居住的地方？”

我的灵魂居住的地方？

“你想知道我家人的灵魂都住在哪里吗？”

我突然觉得自己是在同一个幽灵对话。心智健全的米娅的鬼魂。

“他们住在这里，”她说着敲了敲自己的胸口，“还有这里，”她说，又摸了摸她的太阳穴，“我每时每刻都能听到他们。”

我不知道该说什么。两分钟前我们还在取笑我们镇上新出现的那些上了岁数的嬉皮士们,不是吗?

可是米娅不再开玩笑了。她深深地皱着眉,转身走开。“没关系。”

“不,我很抱歉。”

“不,我明白,我听上去像个彩虹战士,一个怪人,一个疯子。”

“实际上,你听上去像你的奶奶。”

她看着我。“要是我跟你说,你会打电话把那些带着束身衣的人叫来。”

“我的电话忘在酒店里了。”

“很好。”

“而且我们是在船上。”

“说得对。”

“还有,假使他们出现了,我会先把自己献出去。怎么,他们总是附在你身上?”

她深吸一口气,双肩向下一松,像是卸下了重担。她招手示意我过去,在一张空着的长椅上坐下。我坐在她旁边。“上身,这个词不合适。上身,附上身,听起来很不好,像是很不愉快。但我能听到他们。每时每刻。”

“哦。”

“不是只听到他们的声音,像一种记忆,”她继续说,“我能听到他们在跟我说话。像现在。在现实时间里。谈我的生活。”

我一定是给了她一个很怪的表情,因为她脸红了。“我知道。我听到死了的人的声音。可是并不是那样。记得那个无家可归的女疯子吗?总是在学校里转悠,说她听到有声音在广播她的购物单?”我点头。米娅停了一分钟。

“至少,我想不是那样,”她说,“或许是。或许我是个疯子,只是自认为不是,因为疯子从不认为自己疯了。对吗?可是我真的听到他们的声音。是因为奶奶相信的那种天使的力量,使他们在天上能够直接同我联系,还是说只是他们被我放进了我自己的身体里,我也不知道。再说我也不知道这有什么关系。重要的是他们同我在一起。每时每刻。我知道我说话像个疯子,有时对自己自言自语,可是我只是在同妈妈讲要买的裙子,在跟爸爸谈到我很紧张的独奏会,或者是在跟泰迪讲我看过的一部电影。

“而且我能听到他们给我的回答。像是他们就在这个房间里,跟我在一起。像是他们从来不曾真的离开。离奇之处就在这里:我回到俄勒冈就不能听到他们了。车祸之后,好像他们的声音也在渐渐消失。我想自己正在渐渐失去记忆的能力,甚至都忘了他们的声音是什么样的。可是在我离开了之后,我立即每时每刻都能听到他们。这就是我不想回去的原因。嗯,原因之一。我害怕我会失去联系,可以这么说。”

“你现在也能听到他们吗?”

她停止,倾听,点头。

“他们说什么?”

“他们说，亚当，见到你太高兴了。”

我知道她有几分是在开玩笑，可是想到他们能看到我，一直关注着我，知道在过去的三年间我做了什么，还是让我在温暖的夜色里着实打了一个冷颤。

米娅看到了我的冷颤，低下头。“我知道，这很疯狂。这就是为什么我从没跟任何人说过。欧内斯特没有，连金也没有。”

不，我想告诉她。你理解错了，这根本算不上疯狂。我想到那些在我的脑袋里叽叽喳喳的声音，我确信那些声音只不过是一些老一些的，或者年轻些的，或者只是稍好一些的我自己。有过很多次了——当生活变得极为凄凉——我试图召唤她，要她回答我，可是从没管用过。我召唤到的只有自己。如果我想要她的声音，我要依靠记忆。至少我有大量的回忆。

我不能想象如果她能在我的头脑里陪伴我会是怎样的情境——会带来多大的安慰。知道她有他们，他们一直都在陪伴着她，这让我很高兴。这也使我理解了为什么，在我们两个之中，她更像是健全的那一个。

十五

我很肯定，婴儿在俄勒冈出生，离开医院的时候会带着出生证明——还有一只小睡袋。州里的人全都露营。嬉皮士和乡巴佬。猎人和环保主义者。富人。穷人。甚至包括摇滚歌手。特别是摇滚歌手。我们的乐队有着无懈可击的朋克摇滚露营技能，只需要提前一个小时通知，我们就能往卡车里扔进去一堆破烂，然后进山。在山里我们喝啤酒，烤东西吃，围着篝火把背着的乐器乱敲一气，露天沉沉睡去。以前穷困潦倒的时候，在巡演途中，我们也会用露营替代人口密度过大、拥挤不堪的摇滚排屋。

我不知道这是否因为不管你住在哪里，都离荒野很近，不过似乎俄勒冈州的每一个人都会露营。

每一个人，除了米娅·豪尔。

"我要睡床。"我第一次邀请米娅跟我一起露营过周末时，她这样回答。对此我提出可以从那堆软塌塌的床垫里挑一个带上，但她还是拒绝了。凯特在旁边听到我试图劝服米娅，她笑了。

"祝你好运，亚当，"她说，"丹尼和我带米娅去露营，那时她还是婴儿。我们想在海湾过一周，可是整整两天，她又哭又闹，我们只好回家了。她对露营过敏。"

“是真的。”米娅说。

“我去，”泰迪自告奋勇，“我还只在后院露营过。”

“爷爷每个月都带你出去，”丹尼回答，“我也带过你。你只是从没跟全家露营过而已。”他看了米娅一眼。米娅翻了翻眼珠作为回应。

所以米娅要去露营，我很震惊。那年夏天，她高三，我大一开学前，我们见面的机会很少。乐队开始火了，所以我要出去做很多场巡演，米娅也去参加了夏令营，然后去看亲戚。她肯定非常想念我。对她的改变主意，这是我唯一能想到的解释。

我知道最好还是别按朋克摇滚的方式来了，所以借了一顶帐篷，还有一些泡沫垫用来睡觉。我收拾了一大包吃的。我想把一切都安排妥当，尽管说实话，我并不很清楚为什么米娅一开始那么反对露营——她不是那种难伺候的小妞，绝不是。这是个喜欢大半夜里打篮球的女孩——所以我不知道衣食是否管用。

我去接她，她全家都出来送我们出门，像是我们要横穿全国而并非只是二十四个小时的郊游。凯特摆手要我过去。

“你带了什么吃的？”她问。

“三明治、水果。今天的晚餐是汉堡、煎豆子、棉花糖。我努力营造可信赖的野营生活。”

凯特点点头，很认真。“很好，那么要是她开始焦躁，就先给她吃一些棉花糖。对了，我还给你备了一些。”她递给我半加仑保鲜袋。“紧急情况下，打碎玻璃。”

“这些是什么?”

“果味太妃糖、果汁软糖、吸管糖。要是她开始闹,就灌给她这些垃圾。只要高糖分有效,你和你的野外生活就安全了。”

“哦,谢谢。”

凯特摇头,“你比我勇敢。祝你好运。”

“对,你会需要它们的。”丹尼回答。然后他和凯特互相盯着对方看了一会儿,狂笑了起来。

一个小时的车程里经过许多很棒的宿营点,但我想带她去特别一点的地方,所以我开进了山里,去了我小时候经常去的一个靠近以前的伐木公路的地方。当我开下公路,走上一条泥巴路时,米娅问:“露营地在哪儿?”

“露营地是为游客准备的。我们野营。”

“野营?”她慌张了。

“别紧张,米娅。以前我爸爸就在这里伐木。我认得这些路。要是你担心不能淋浴——”

“我不在乎淋浴。”

“很好,因为我们有私人泳池。”我把车熄火,给米娅看这个地方。就在河的右岸,那里有一湾池水,平静,水晶般清澈。视野开阔,无尽的松林和山峦,像是一张巨大的推广俄勒冈州的明信片!

“很美。”米娅承认,有点不情愿。

“等下你再从山脊向下看看。要上去走走吗？”

米娅点点头。我抓起几个三明治，还有水，两颗西瓜味的果味太妃糖。我们沿着小路慢慢走到上面去。转悠了一圈，在树下看了一会儿书。我们下来的时候，已经黄昏了。

“我该把帐篷支起来了。”我说。

“要帮忙吗？”

“不用，你是客人。自在点。看书或者干点别的。”

“那好吧。”

我把借来的帐篷倒在地上，开始架支杆。只是这顶借来的帐篷是最新款式，支杆都像七巧板一样难以摆弄，不像我从小就会折腾的那种简单的三角小帐篷。半个小时过去了，我还没弄好。太阳已经落到了山背后，米娅放下手里的书。她看着我，脸上露出困惑的微笑。

“还开心吗？”我问，清冷的傍晚满头是汗。

“当然。要是我早知道是这样，好几年前就愿意来了。”

“你觉得新鲜，我很高兴。”

“哦，是呀。你确信不需要帮忙？如果还要点时间才能弄好，你需要我给你打手电筒照亮吗？”

我叹了口气，举手投降了。“我遭遇到了一件与我势均力敌的物品。”

“你的对手有什么指令吗？”

“应该有。”

她摇头，站起来，抓住帐篷顶。“好了，你拿住这头。我来弄下面。我想长的这头应该绕在顶上。”

十分钟后，我们的帐篷搭起来了，站稳了。我捡了一些石头、引柴，弄了一个引火坑，然后用带来的木柴点起了篝火。我用平底锅给我们俩煎了汉堡，然后直接用罐头煎好了豆子。

“印象深刻。”米娅说。

“所以你喜欢露营了？”

“我没说。”她说，但她在微笑。

就在这之后，在我们吃完了饭和棉花糖，站在河边在月光下洗干净了盘子，我围着篝火弹了一会儿吉他，米娅喝着茶，嚼了一包果汁软糖之后，我终于明白了米娅的露营问题。

那时大概十点，不过在营地里，这就该算是凌晨两点。我进了帐篷，钻进双人睡袋。我把米娅拉进怀里。“想知道露营最精彩的地方吗？”

我感到她全身都紧张起来——但不是兴奋。“什么？”她悄声说。

“什么？”

“我听到有动静。”她说。

“可能是只动物。”我说。

她打开手电筒，“你怎么知道的？”

我把手电筒拿过来，照了照她。她的眼睛睁大了。“你害怕？”我问。

她低下头，很艰难地点点头。

“这里唯一要害怕的就是熊，但它们只是来找吃的，所以我们把吃的东西都放在车里了。”我安慰她。

“我不是怕熊。”米娅轻蔑地说。

“那么是什么？”

“我，我就是觉得外面有人在瞄准。”

“谁瞄准？”

“我不知道，带着枪的人。那些猎人。”

“太可笑了。俄勒冈有一半人是猎手。我全家人都打猎。他们打猎的目标是动物，不是露营者。”

“我知道，”她小声说，“也不全是那样。我就是觉得……毫无保护。这只是，我不知道，感觉天地那么大，你就暴露在外面。就像是你没有个地方，没有家。”

“这就是你的地方。”我悄声说，让她躺下，紧紧地抱住她。

她钻进我怀里。“我知道。”她叹了口气。“多么怪！一个林务局退休的生物学家的孙女竟然不敢露营。”

“只说了一半。你是一个古典提琴家，而你的父母都是老朋克。你是个彻头彻尾的怪物。但你是我的怪物。”

我们躺着，沉默了一会儿。米娅关了手电筒，向我身边钻了钻。“你还是个孩子的时候就打猎？”她小声说，“我从没听你提起过。”

“我以前跟爸爸去。”我低声说。尽管几英里内除了我们没有别的人，但夜晚中的某些东西使得我们只能窃窃私语。“他总是说到我十二岁过生日的时候就给我一把来复枪，然后他会教我怎么打。但是到我九岁那年，我跟一些岁数大些的表哥出去，他们中有人把自己的枪借给了我，可能是初试者的幸运吧，不知怎么我打中了一只兔子。我的表哥们都高兴坏了。兔子很小，跑得又快，即便是有经验的猎手也很难打中，可是我第一次试就打中了。他们跑去拿了回来，这样我们可以把它带回去给大家看看，甚至还可以制成标本作为战利品。可是，当我看到它血糊糊的样子时，我就哭了。然后我开始尖叫，他们不得不把兔子带去看兽医，可是，它死了，我不许他们带回来，我要他们就把它埋在了森林里。我爸爸听说了以后，告诉我说，打猎的目的在于从动物那里得到食物，或者是吃它们，或者用皮做衣服什么的，否则就是浪费了它们的生命。不过，我想他明白我退出了，因为在我十二岁生日那天，我得到的不是一把来复枪，而是一把吉他。”

“你以前从没说过。”米娅说。

“大概我不想减低我的朋克可信性吧。”

“我会认为这使它更坚实。”她说。

“不。不过我毕竟是情绪硬核，所以也讲得通。”

帐篷里是温暖的沉默，我能听到一只猫头鹰在夜里低低的叫声。米娅轻轻挤了我一下。“你可真是个胆小鬼！”

“一个害怕宿营的女孩这样说！”

她咯咯笑了。我把她拉近，想要消除我们两个人之间的距离。我把她的头发从脖子里拽出来，把我的脸埋进去。“现在，你欠我一个小时候丢人的故事了。”我在她耳边喃喃说。

“我的丢人事到现在还在继续。”她回答。

“要讲一个我不知道的。”

她沉默了一会儿。然后她说，“蝴蝶。”

“蝴蝶？”

“我很怕蝴蝶。”

“你和大自然是怎么啦？”

她不出声地笑起来，身子摇晃着。“我知道，”她说，“还有比蝴蝶更没有攻击性的东西吗？它们只能活两周。可是我每次见到都会被吓坏。我的父母把所有能使我不再对蝴蝶敏感的事都做了：给我买关于蝴蝶的书，买上面带着蝴蝶的衣服，还给我的房间里贴满了蝴蝶的画。可是都不管用。”

“像是被一群君王蝶追击？”我问。

“不，”她说，“对于我的恐惧奶奶有这种理论，她说这是因为有一天我也会变形，就像毛毛虫变成蝴蝶那样，这让我充满了恐惧，所以我看到蝴蝶会害怕。”

“这很像是你奶奶说的话。你是怎么了结这种恐惧的？”

“不知道，我只是下决心再也不怕它们了，然后有一天就不怕了。”

“假装不怕，直到你真正搞定。”

“差不多吧。”

“你可以试试对露营也这样。”

“一定要吗?”

“不是,但我很高兴你能来。”

她转过脸来对着我。帐篷里几乎是漆黑一团,但我能看到她的黑眼睛在闪亮。“我也是,可是我们一定要睡吗?我们不能这样待一会儿吗?”

“整晚都行,如果你愿意。我们可以在黑暗中说出我们的秘密。”

“好啊。”

“那么再听一个你的没道理的恐惧。”

米娅抓住我的胳膊,把自己推进我的胸口,就像她要把自己藏进我的身体。“我害怕失去你。”她用最最轻微的声音说。

我把她推开,这样我能看到她的脸,接着我吻了她的前额。“我说的是‘没道理’的恐惧。因为这永远不会发生。”

“可我还是很害怕。”她喃喃说。但随后她就讲了别的一些把她吓坏的小事情,我也讲了一些,我们就这样一直说着悄悄话,说我们童年时代的故事,一直讲到很深、很深的深夜,直到米娅最终忘记了恐惧,睡着了。

几个星期之后,天气转凉,然后就是那个冬天,米娅出了车祸。所以那一次成了我最后一次露营。可是即使那不是最后一次,我仍会把它看作是我一生中最完美的一次郊游。任何时候我想起它,就会想象着我们的帐篷像一条在夜色中闪闪发光的小船,米娅的声音和我的低语像音符一样溜了出来,漂浮在月光闪烁的大海上。

十六

你越水而过，留下我在岸上
这已经足够杀死我了，可是你还想要更多
你炸毁了桥梁，发了疯的恐怖分子
你在那边招手，还给我一个飞吻
我抬脚跟上，但认识到已经太晚
我的脚下空空荡荡，除此之外，一无所有
——《桥》，《间接伤害》第四首

光的手指开始试探着拨开夜的天空。很快太阳就会升起，新的一天将不容争辩地开始。这一天我将出发去伦敦，米娅去东京。我感到倒数的钟表指针像定时炸弹一样在滴答响着。

我们在布鲁克林桥上，尽管米娅没有说得很明确，我感到这应该就是最后一站。我是说，我们离开曼哈顿——并不是像我们去史坦顿岛那样去了再回来的双程旅行。还有，我猜米娅已经决定了，因为她已经作了一番告解，现在该我了。在桥上走到一半，她突然站住，转身看着我。

“那么你跟乐队是怎么回事?”她问。

一阵暖洋洋的风吹过,但我立刻感觉很冷。“你什么意思,‘怎么回事’?”

米娅耸肩。“有事。我能看出来。你整个晚上都很少谈到他们。你们以前可是从不分开的,现在你们甚至都不住在同一个州了。为什么你们不一起去伦敦?”

“我跟你说了后勤问题。”

“什么事情这么重要,他们就不能再等你一个晚上?”

“我不得不留下,有些事。去了录音室,弄了几条吉他音轨。”

米娅用质疑的眼神看着我。“可是你要为新专辑做巡演了,怎么还要去录音?”

“我们单曲的推广版。更多一点这个。”我说,皱了皱眉,手指擦在一起做了一个数钱的动作。

“可是你们不在一起录音?”

我摇摇头。“不再那样运作了。另外,我还得接受《无序》杂志的采访。”

“采访?不跟乐队一起?只是你?那我还真不明白了。”

我回想起这一天。凡妮莎·拉格莱德。突然,我想起了《桥》这首歌的歌词,想到在东河的黑色水流之上同米娅谈论这些可并不是一个好主意。至少现在不是星期五,十三号了。

“是啊。现在的事情就是这样了。”我说。

“为什么他们只采访你?他们想知道什么?”

我真的不想谈起这些。可是米娅就像一头警犬,已经闻到了气味,我太了解她了,知道要么扔给她一块血淋淋的鲜肉,要么任她嗅到那堆真实的发臭的尸体。我转移了话题。

“实际上,这很有意思。那个记者。她问起了你。”

“什么?”米娅转了一圈看着我。

“她采访我的时候,问起了你。关于我们。关于高中。”米娅的表情很震惊,我很享受。我想到她先前说的话,说她在俄勒冈的生活像是上辈子的事情了。哦,也许还没有一辈子那么久吧!“还是第一次有这种事。也算是奇怪的巧合。前后想想。”

“我再也不相信巧合了。”

“我什么都没跟她说,不过她拿到一本以前的《美洲狮》年刊。有我们照片的那本——超帅和阿呆。”

米娅摇摇头。“是啊,我那么喜欢那个绰号。”

“别担心,我什么都没说。另外,我毁掉了她的录音。销毁了所有的证据。”

“但不是所有的证据,”她盯着我,“那头《美洲狮》还活着。我相信金会高兴,知道她的早期作品上了全国发行的期刊。”她摇摇头,哈哈一笑。“只要金的镜头捕捉到了你,你就再也逃不脱了。所以毁掉那个记者的录音一点用也没有。”

“我知道。我只是有点失去理智。她是个很能惹事的人,一直想用那些貌似赞美但其实是羞辱的话惹恼我。”

米娅点点头,表示很了解。“我也遇到过,那种人最坏!‘你今天晚上演奏的肖斯塔科维奇让我听得非常入迷。比巴赫要柔和多了，'她以傲慢的语气这样讲。'翻译过来就是：肖斯塔科维奇很烂。'"

我不能想象肖斯塔科维奇的作品很糟糕，不过我不否认我们有同感。

"那么她想知道我们的什么？"

"她计划来一场大揭发，我想。比如是什么塑造了流星乐队。她去了我们的家乡，到处找线索，跟我们的高中校友谈话。他们告诉她关于我们的事。关于，关于我们的过往。关于你，还有发生的……"我说不下去了。我低头看着河水，一艘驳船驶过，从气味判断，船上装的是垃圾。

"到底发生了什么？"米娅问。

我不确定这是不是个反问句，所以我迫使自己的语气变得像是开玩笑一样懒洋洋的。"是啊，这也是我一直想要搞明白的。"

忽然，我想到这可能是今天晚上我说的最诚实的一句话，可是我讲出来的方式使它变成了一句谎言。

"你知道，我们的经理人警告过我，随着我的知名度的提高，车祸可能会吸引很多人的注意，但我不认为跟你的关系会成为一个问题。我是说，我早就这样做了。我似乎还等待过，等有人来找我——幽灵般的前女友——可是我想我不够有吸引力，跟你那些别的，嗯，恋人相比。"

她以为这就是小报记者没有来缠她的原因，因为她不像布瑞恩那么惹人注意,我想她知道布瑞恩。只是她不知道乐队内部是怎么团结一致不让她的名字传出去,不去碰那些只消提一下她就会大面积出现的瘀伤。一开始那些采访合约的附录里就提到了这整个事件都不许提及,尽管他们没有明确地列出她的名字,这全都是为了将她从记录中完全抹除。为了保护她,还有我。

"我想高中已是古老的历史了。"她下了结论。

古老的历史?你就真的把我归入毫无意义的犯傻的高中罗曼史了?如果这就是问题所在,难道我就不能也这样做吗?

"是啊,你和我,我们像 MTV 加上生活秀,"我说,以我能控制的最大程度的洋洋得意的语气,"换句话说,鲨鱼饵。"

她叹了口气。"哦,是的。我想即便是鲨鱼也要吃饭。"

"这是什么意思?"

"只是说,我特别不愿意我家里的事也被拖进公众的视线,不过如果这是从事我爱的职业必须付出的代价,我想,我会承担。"

我们又回来了。这种想法,认为音乐使一切都值得——我愿意相信。可是不能。我甚至都确信自己相信过。让我们想要每天早晨醒来,呼吸的东西不是音乐。我从她的身边转开了,看着下面的流水。

"如果那不是你的爱呢?"车流和风吹散了我的小声嘟囔,可是至少我讲出口了。我已经做到这一步了。

我需要抽根烟。我靠在栏杆上,上上下下看着桥梁的三重唱。我用打火机点火的时候,她走过来,靠近我。

“你应该退出。[①]”她说，温柔地拍了拍我的肩膀。

一瞬间，我以为她是在说乐队。她听到了我以前讲过的话，跟我说应该退出流星乐队，彻底离开音乐这个行业。我一直等着有人这样建议我退出，可是没人提过。然后我想起来了，今天晚上早些时候，她说过同样的话，就在她问我要烟之前。“很难。”我说。

“瞎说，”米娅自以为是的样子立即让人想起她的母亲，凯特，总是穿着一件做旧的皮夹克，一张嘴哇啦哇啦的，能让乐队管理员都听着脸红。“戒烟并不难。下决心戒才是难的。只要你过了精神上的门槛，剩下的事都很容易。”

“是吗？你就是这么甩掉我的？”

就这样，不经考虑，没在脑子里先说一遍，没有经过长时间的自问，这句话就脱口而出了。

“那么，”她说，像是在同桥下的观众讲，“他到底说出来了。”

“我不该说？我该就这么看着这一整夜过去，对你做过的事一字不提？”

“不该。”她的语气很温柔。

“那么为什么？你为什么离开？因为那些声音？”

她摇头。“不关那些声音的事儿。”

“那么是什么，是什么？”现在我听到了自己声音里的不顾

---

① 原文是“quit”，有“退出”和“戒除”的意思。

一切。

“很多事。比如在我身边的你不再是真正的你。”

“你在说什么?”

“你不跟我说话了。”

“这太荒唐了,米娅。我一直都在跟你说话。”

“你跟我说话,可是你没有。我能看出来你那些三心二意的交谈。你想要跟我说的话,还有你最后说出来的话。”

我想起我有过的所有双重谈话。跟每一个人。就是从那时开始的吗?“哦,你可不是个好说话的人,”我反驳,“我说什么都是错。”

她看着我,忧伤地笑了。“我知道。不是你一个人。是你加上我。是我们。”

我摇头。“不是这样。”

“是。可是别觉得不好受。在我身边,每个人都小心翼翼。可是连你也不能真实地对我,这太痛苦了。我是说,你甚至都不敢碰我。”

像是为了强调这一点,她把两根手指压在我的内手腕上。烟雾上升,她的两根手指就这样烙在了我的身上,对此我没有一丁点的诧异。我不得不挣脱,为了使自己能够站稳。

“你现在好了,”这是我的可悲的回答,“要是你还记得,我们试过,你自己吓坏了。”

“一次,”她说,“一次。”

“我一心想的是你能好起来。我一心想要帮你。让我做什么都愿意。”

她垂下头。“是，我知道。你想拯救我。”

“该死，米娅。听你说出来好像这是坏事。”

她抬头看着我。她的眼里还是同情，可是也有了别的内容。凶狠。这将我的怒火切成了碎片，使它转变为致命的恐惧。

“你忙着想要成为我的救世主，然后你撇下我一个人，”她说，“我知道你是想帮忙，但就是那种感觉，在当时，你像是要把我推开，为了我好对我隐瞒，使我更像是一个牺牲品。欧内斯特说人们会出于好意将我们塞进像棺材一样的小盒子里。”

“欧内斯特？他妈的他怎么知道这些事情？”

米娅踮起脚尖沿着木板路之间的缝隙向前走。“他知道很多。他八岁的时候父母就被杀死了。他是由祖父母养大的。”

我知道我应该有的反应是同情，可是我却怒火中烧。“还有会员俱乐部？”我问，嗓子已经要喊破了。“一家不准我入内的悲伤俱乐部？”

我盼着她说不，或者说我也是会员。毕竟，我也失去了他们。可即便在那时，也是两样的，就像是有一道堡垒。你不能对悲伤有这种期待，期待它的程度能够比得上。因为不管他们曾经对我有多重要，不管人们告诉我他们有多难过，丹尼和凯特还有泰迪都不是我的家人，突然之间，这个区别至关重要。

显然，这仍然很重要。因为米娅停住了，想了一会儿我的问题。“也许不是一家悲伤俱乐部，而是一家内疚俱乐部。因为被留了下来。”

哦，别跟我说负疚！我的血管里已经充满了它。在桥上，我觉得眼泪就要下来了。要控制住它们的唯一的办法是找出我一直以来的怒气，将泪水推回去。“可是你至少要告诉我，”我说，已经是在吼叫了，“而不是像甩掉一夜情一样甩掉我，你可以很正式地跟我分手而不是让我猜上三年……”

“我没想这么做，”她说，嗓门也拔高了，“我没有上了飞机就想我们是分手了。你是我的一切。尽管这些事发生了，我不肯相信。但就是这样。就在那里，分开了，这么容易，我都没有料到。某种程度上，我以为自己不会再有生活了。这也是一个莫大的安慰。”

我想起那些我都等不及看着她们的背影消失的女孩。在她们的声音、气味离开的一刻，我会觉得自己全身都被抽空了。很多次，布瑞恩就给我这种感觉。我的缺席对米娅也是这样吗？

“我想要告诉你，”她接着说，现在句子混乱急促地向外冒出来，“可是一开始我自己也想不明白。我甚至不知道是怎么回事，只是没有你我好像感觉更好一些，我怎么向你解释？然后时间慢慢过去，你不再给我打电话，当你不再追问，我就想明白了，你，你们所有的人，你明白。我知道自己是个胆小鬼。可是我想……”米娅结巴了一阵然后重新镇静下来，“我想我是承认了。而你也理解了。我的意思是你好像是理解了。你写道：‘她说我必须选择，选择你或者选择我……她是站在那里的最后一个。'我不知道。当我听到《转轮手枪》时我就想你是明白的。你很生气，可是你知道。我不得不选择我自己。"

"这就是你一言不发就甩掉我的理由？这太懦弱了，米娅。而且这很残忍！你已经变成这样的人了吗？"

"也许是我有一段时间不得不变成这样的人，"她喊道，"我很对不起你。我知道我应该跟你联系，应该同你解释。可是你不是那么容易接近的。"

"啊，胡说，米娅。对大多数人来说，我是不容易接近。可是你？两个电话你就能找到我。"

"感觉可不是那样，"她说，"你是……"她降低了声音，模仿发作的样子，就像凡妮莎·拉格莱德今天早些时候做的那样。"奇迹。不是一般人。"

"这些全是狗屎，而且你应该早就明白的。另外，你走了之后，有一年多。一年。一年的时间，在父母家里，我蜷缩在悲惨里，米娅，那里的电话号码你也忘了？"

"没有。"米娅干巴巴地说，"可是我不能先打电话。"

"为什么？"我在吼，"为什么不能？"

现在，米娅面向我。风吹开了她的头发，这样她看上去像是神秘的巫师，美丽、强大，同时又有些吓人。她摇头，转身走开。

哦，不，我们已经在桥上走了这么远。要是她愿意，她可以把这该诅咒的一切毁掉，但是必须把一切都告诉我。我抓住她，使她面向我。“为什么不？告诉我。你欠我的！”

她睁大了眼睛看着我。瞄准了目标。然后她扣响了扳机。“因为我恨你。”

风声，还有噪音，在一秒钟之内全都停止了，我的耳朵里一阵嗡嗡的钝响，像是演出结束以后，像是心脏监听器的输出变成了水平线。

“恨我？为什么？”

“你让我留了下来。”她的声音很低，几乎被风声和车流声淹没了，我不肯定自己听到了她的话。然后她又大声说了一遍：“你让我留了下来！”

就是那个原因。我的心被穿了一个大洞，一直以来我模模糊糊的感觉得到了证实。

她知道。

空气中的电流变更了，似乎能嗅到离子在舞蹈。“我仍然会每天早晨醒来，有一瞬间忘记了我的家人都已经不在了，”她告诉我，“然后我才想起来。你知道那是什么感觉吗？一次又一次。那会容易得多……”突然她再也不能保持冷静，她哭了起来。

“别，”我伸出手，“求你不要……”

“不，你是对的。你不得不要我说出这些，亚当！你不得不听到这些话。死可能更容易。不是说我现在想要去死。我不想。我的生活中有很多我爱的，我能从中得到满足的东西。可是有段日子，尤其是刚开始，非常难。我忍不住想，要是跟着他们一起走了会是多么容易。可是你,你要我留下来。你求我留下来。你站在我身边,你许诺我,像誓言一样神圣。还有我能理解你为什么生气,可是你不能怪我。你不能因为我按你说的做了而怪我。”

米娅在抽泣。我羞愧到无地自容,因为这是我造成的。

我突然明白了。我知道了她为什么在音乐厅里叫住我,为什么我离开化妆间之后她又跟着我出来。这才是告别之旅真正的内涵——米娅是在完成她三年前发起的分手仪式。

放手。每个人都这么说,似乎这再容易不过了。一个接一个地伸展你的手指,直到手张开。可是三年来我的手一直攥成了拳头;现在它已经冻僵了。我全身都冻僵了,而且立刻就要被放倒了。

我低头凝视着水面。一分钟前它是平滑的,可是现在,河面就像是打开了,在搅动,一个湍急的漩涡。是漩涡,威胁着要把我整个人吞进去。我就要淹死在里面了,没有人,黑暗中没人与我在一起。

一直以来,我都怪她,怪她离开,怪她毁了我。也许这一切都是有种子的,但是,是来自一株花里面生长肿瘤的那颗小种子。是我培育了它。我给它浇水。我照顾它。我一口一口吃它有毒的浆果。我由着它缠住了我的脖子,让我窒息。是我干的。都是我。都是我自己。

我看着河水。浪头像是有五十英尺高,在撕扯着我,想要把我拽下桥去,拖进桥下的水里。

“我不能再这样了!”我对着食人兽一般向我扑来的浪花大喊。

又一次,我发出了尖叫:“我不能再这样了!”我对着浪花,对着利兹、费兹,还有麦克和奥尔德斯,对我们的唱片的执行人员,对布瑞恩,对凡妮莎,对狗仔队,对那些穿着密歇根大学帽衫的女孩,对那些地铁里的时髦人士,对当他们自己不够供应时就想从我身上抓一把的每一个人。可是更多的,我是喊给我自己。

“我再也不能这样了!”我以毕生不曾有过的音量尖叫,音量那么高,以至于我的呼喊推倒了曼哈顿的树木,肯定是的。当我与自己亲手制造出的无形的浪涛、想象中的涡旋和魔鬼们搏斗时,它们是那么真实,我真切地感到我的胸口被撕开了,感觉那么强烈,就像是我的心脏就要爆炸了。我任凭这一切发生。让它们发生。

但当我抬起头,河仍是河。我的手,曾经紧紧地抓在桥护栏上,抓得关节都开始发白的手,已经松开了。

米娅正在走远,向着桥的另一端。没有我。

现在我懂了。

我不得不守住我的承诺。让她走。真正让她离开。对我们两个都放手。

十七

我的第一支乐队,叫无限 89,当时我十四岁。我们的第一场演出是在大学校园附近一个家庭的派对上。我们乐队的三个人——我弹吉他,我的朋友奈特弹贝斯,他的哥哥约拿打鼓——都很烂。我们都练了没多久,在演出之后我们才发现是约拿贿赂了派对的主人,才让我们演出的。这是小圈子里人人都知道的事,要不是约拿·汉米尔顿买了桶装啤酒,就不会有亚当·维尔德在观众面前的摇滚音乐第一劫。

后来证实,这场演出最棒的地方就是桶装啤酒。我们太紧张了,以至于将放大器弄得太大声,造成了极为狂暴的回授,邻居们都来抱怨,然后我们又补偿性地调得过于低声,以至于我们互相听不到对方的乐器。

在歌曲之间的沉默里,我能听到派对的喧闹:啤酒罐的碰撞、闲谈,大家在笑,还有——我发誓——在房子的里屋,人们在看《美国偶像》。问题是,我会听到这些是因为我们的乐队太差劲了,所以没有人在意我们在演出。我们不值得喝彩。我们太烂了,甚至都不屑于嘘我们。我们直接被无视了。我们的演出结束的时候,派对还在继续,似乎在告诉我们最好马上离开。

我们有了进步。从来算不上伟大,但是好多了。不过没进步到将演出地点开拓到室内派对之外。然后约拿去上大学,奈特和我没了鼓手,无限 89 乐队跑到了终点。

然后是我短暂的自弹自唱的在镇上做创作歌手的日子,大多数时候,是在咖啡馆里演出。在几家咖啡馆之间流窜比在派对上演出要稍好一些。只有我,一把吉他,我甚至都不需要调大音量,因为听众通常都很有礼貌。可是在演奏的时候,我还是会被一些别的动静分神:卡布奇诺咖啡机的嗞嗞声,还有充满智慧的大学生就至关重要的事物所做的安静的讨论,女孩们咯咯的笑声。演出结束之后,笑声就更大了,女孩们跑过来跟我交谈,问到我的灵感,送给我她们混录出来的 CD,有时还给我一些别的东西。

有个女孩很不一样。她有两条肌肉发达的胳膊,眼神里充满了愤怒。她第一次开口只说了一句话:“你在浪费自己。”

“没有,我清醒如一块磐石。”我回答。

“不是那种浪费,”她说,打了洞的眉毛向上挑起,“声学上的浪费。我看过你跟你那支可怕的乐队的演出,不过你确实很棒,即便是像你这样的一个孩子。”

“谢谢你,我想我应该。”

“不客气。我不是来奉承你的。我是来征兵的。”

“对不起。我是个和平主义者。”

“有意思!我是女同性恋,一个愿意别人问我,自己也愿意说的女同,所以我也不适合军队。不,我是在组建一支乐队。我想你是一个使人发指的天才吉他手,所以我到这儿来老牛吃嫩草了,说得好听点。"

我还不到十六岁,有点被这个蛮横的男人婆吓到了,不过我还是说何乐而不为。"乐队还有谁?"

"我打鼓。你弹吉他。"

"还有呢?"

"这两个最重要,你觉得呢? 出神入化的鼓手和能唱歌的吉他手可不是从树上长出来的,即便是在俄勒冈。别担心,我会补上其他的空缺。顺便提一下,我叫利兹。"她伸过手来。手上生满了老茧,这一直都是好鼓手的标记。

一个月之内,利兹就找到了费兹和麦克,我们给自己命名为流星乐队,开始一起写歌。一个月后,我们举行了第一场演出。那是另一场室内派对,但跟我在无限 89 的那场演出完全不一样了。刚一开场,就不同了。当我用手扫出第一串音符时,就像是关掉了一盏灯。一切都安静下来。我们得到了大家的注意并且保持住了。在一首歌唱完之后,人们喝起彩来,然后安静下来等下一首歌,结束的时候,他们喊着还要听。没多久,他们甚至记住了歌词,可以在我随意停下的间隙里跟着哼唱。

很快,我们就开始在大一些的酒吧里演出。有时我还能清晰地听到背景里的喧哗——玻璃杯的碰撞,侍应生喊号的声音。我还第一次听到有人大声喊我的名字。"亚当!""这里!"大多时候是女孩。

女孩们大都被我无视了。那时,我开始迷上了一个从没有来看过我的演出的女孩,但我看到过她在学校里拉大提琴。然后米娅成了我的女朋友,开始出现在我们的演出现场——我很吃惊,好像真的很开心,如果不是现场的气氛,那至少是我们的音乐——我有时也听她的演奏。我想听到她喊我的名字,尽管我知道她永远不会这么做。她是个不情不愿的家属。她更愿意待在后台,以一种严肃的热情注视着我。即使有时她能够放松,像平常人那样来看演出,在观众席上,她也相当拘谨。可是,我仍然渴望听到她的声音。我没有听到,但这似乎永远都不重要。为她而听,已经是一种乐趣。

乐队变大了,演出的规模也变大了,喝彩声更高了。然后有一阵子,全部归于寂静。没有音乐。没有乐队。没有歌迷。没有米娅。

当这一切再回来——音乐、现场、人群——全都两样了。就在《间接伤害》发行之后紧接着的两周巡演中,我也能由声音的变化里看出情况的变化有多大。我们演奏出的音乐像是一面墙将乐队封在了里面,仿佛我们是在一个泡泡里面演出,一个除了我们的噪音别无他物的泡泡。在歌与歌中间,是尖叫和嘶喊。很快,比我能想象的要快得多,我们有了超大规模的演出:赛场和体育馆,超过一万五千名歌迷。

这些演出里,有那么多的人,那么嘈杂的声音,似乎要分辨出某个声音是不可能的。我能听到的,除了由最大功率的扬声器播放出的我自己的乐器的乐声,就是我们从后台走出,灯光打亮时的那些疯狂的叫喊。等我们上了台,那持续的尖叫声就混在了一起,听着就像是飓风的狂吼,有些晚上,我发誓我真的感到了一万五千声尖叫的气流。

我不喜欢这种声音。我发现了它混乱中的单一性。有几场演出,我们会把我们的进路监听器改成入耳模式。声音完美,我们像是在录音室里,人群的呼喊全都被挡在了外面。可是这还不是最糟糕的。我感到与人群分离了,就他们与我们之间的距离而言,被无限宽阔的舞台远远隔开,还有一队武装保卫人员拦住那些歌迷,防止他们会像以前那样跳进来触碰我们或者一帮人涌上来,把我们抬起来。但不仅是这样,我不喜欢,还因为很难听到单个声音传过来。我不知道。也许我仍在等待那个人的一声喊叫。

偶尔在演出中,虽然,在我和麦克给我们的吉他做调音的时候,或者有谁抽空喝口水时,我会停下来,从人群中搜到一两声叫喊。偶尔能听到。能听到有人在喊某一首歌或者说*我爱你!*或者是在叫我的名字。

当我站在布鲁克林桥上,我想着那些在体育场里的演出,他们飓风般呼啸的白噪音。因为我现在能听到的是我脑子里的咆哮,没有言词的嚎叫,米娅不见了,是我让她走了。

但是也有些别的。一个细小的声音传来,刺穿了虚无的咆哮。这声音越来越高,这次是*我的*声音,它在问一个问题:*她怎么知道的?*

十八

你在自己的不幸里快乐吗?
能在荒芜里平静地安住?
这最后的系带将我们绑在一起
这是我唯一能得到的安慰。
——《蓝》,《间接伤害》第六首

米娅走了。

这座桥像是来自另一个时空的幽灵船,装满了最二十一世纪的人类——凌晨的慢跑者。

还有我,孤单一人。

可是我还站在这里。我还在呼吸。不管怎样,我还好。

可是疑问却越来越深:她怎么知道的?因为我从未跟任何人讲过我哀求过她。护士,祖父母,金。都没说过,她怎么会知道?

“如果你开口,我会做任何你要我做的事。我会退出乐队,陪你去纽约。可是如果你需要我走开,那我就会走开。我跟利兹谈过,她说可能要你回到往昔的日子会太痛苦了,所以或许把我们从记忆里擦除能让生活变得容易些。那当然会很糟，可是我能做到。我可以失去你，只要不是以今天这种方式。我会放手让你走。如果你留下来。”

这是我的誓言。这曾是我的秘密，我的负担，我的愧疚。我要她留下来。她听了我的话。因为向她做出许诺之后，我给她放了马友友的提琴曲，那时她仿佛是听到了。她抓了我的手，我想接下来会像是在电影里一样，可是她只是抓了一下我的手。仍然毫无知觉。可是那次抓握成了她第一次有意愿的肌肉活动。然后又是几次抓握，然后她的双眼为了睁开而颤动了一两次，然后更长时间。一位护士解释说米娅的大脑就像婴儿的大脑，它在试着打破蛋壳，那次抓握就是转机的开始，几天之后她醒了过来，要水喝。

每次谈到这次事故，米娅说整整一周她都是昏沉的。她甚至什么都记不起来。我也没打算要告诉她我的许诺——这个最后我还是被迫要遵守的许诺。

可是她知道。

不奇怪了，她恨我。

很怪，这也是解脱。守着这个秘密让我太疲惫了。我厌倦了为了让她活下来而负疚，为了她能没有我而继续生活感到愤怒，为了整个事情的混乱而觉得自己像伪君子。

我在桥上，在那里站了一会儿，让她走，然后我走完余下几百米的斜坡。我看到下面有几十辆出租车停在路边，所以尽管我不知道自己是在哪里，我也很放心能找到一辆车载我回酒店。可是等我从匝道上下来，我到了一个广场，不是汽车出口。我拦住一个慢跑的人，一个正跑下桥去的中年人，问哪里能打到车，他指给我看一片市政建筑。“工作日的话通常要排队。我不知道周末是怎样，不过你肯定能打到车。”

他戴着 iPod，是把耳机拿出来跟我讲话，不过音乐还在播放，是弗格齐乐队[①]。这家伙在听弗格齐，到了《天花冠军》的结尾部分。然后这首歌就停止，接下来的是滚石乐队的《野马群》。这些音乐，就像新烤的面包落入了空腹，又像是在冷天升起了火炉。它们从耳机里播放出来，在引诱我。

那家伙一直在看着我。“你是亚当·维尔德？流星乐队的？”他问。不像是歌迷，只是好奇。

我费了很大力气才从乐声中缓过神来，听他在说什么。“是。”我伸出手。

“我并非有意打扰，”我们握手后他说，“不过星期六早上六点半你在布鲁克林桥上晃荡什么？你迷路了？”

“没有，我没有迷路。不会再迷路了。”

迈克·贾格尔在低吟浅唱，我要使劲咬住嘴唇才不会跟着唱起来。以前我走到哪里都带着我的歌。然后它就变得像所有的东西一样了，带着或者不带。可是现在我会带它上路。现在我需

---

① 弗格齐乐队（Fugazi），一支自行组织演出、发碟并从不接受主流媒体采访的后硬核乐队。

要它。“我能请你帮个确实很疯狂但也只是很疯狂的忙吗?”我问。

“好啊!”

“我能借你的 iPod 吗?只要一天?如果你能给我留下你的名字和地址,我会寄回给你。我保证你明天再出来跑步的时候它就在手边了。”

他摇摇头,笑了。“一天屁股疼得要掉下来的周末能跑跑步对我来说就够了,好的,能借给你。我住的大楼里门铃不好用,所以你就直接送到布鲁克林第六大道的南岸咖啡馆,给尼克就好了。我每天早上都去那里。”

“尼克。南岸咖啡馆。第六大道,布鲁克林。我不会忘的。我保证。”

“我相信你,”他说,把耳机线缠起来,“我担心的是你在这里面可找不到流星乐队的歌。”

“那样更好,我今天晚上就送还给你。”

“别担心,”他说,“我出门时充满了电,所以你能听至少……一个小时。机子很老了。”他轻声笑了笑。然后他跑起来,对我摆了摆手,不再回头。

我塞上耳塞,电量确实是满的。我想归还的时候再买一个新的给他。我翻了一下他的收藏——什么都有,从查理·帕克的爵士到朋克乐队一分钟人到优拉糖果。他的播放列表里全都有。我选中了一个被称为好歌的播放列表。当色情影院乐队的《挑战者》的前奏响起，那一段即兴钢琴段落，我知道自己这次算是找对了。接下来是安德鲁·伯德，还有比利·布拉格的几首曲风强劲的歌，我好几年都没听的照办乐队，下一首是萨真·斯蒂文斯的《芝加哥》①，一首我曾经热爱的歌，但因为总会听得情绪激动而避开了它。可是现在它恰恰好。就像是高烧热汗之后的冷水澡，冲走了所有我再也不能拿来折磨自己的无解的烦恼。

我把音量调到了最高，乐声高亢几乎要震破了我已经厌战的耳鼓。这，与布鲁克林市区醒来的喧嚣——钢铁的磨蹭撞击声，大巴车的轰鸣——相比实在是太高了。所以，当一声喊叫穿透了喧嚣，我却几乎没有听到。可是，是它，是我多年来一直在等的那声喊叫。

"亚当！"这样的喊声。

我开始有些不相信。我关掉了萨真。我转头看。然后看到了她，现在站在我面前，她的脸上挂满了泪痕。又一次说出了我的名字，仿佛这是我听到的第一个词。

我放手了。真的放手了。可是她在这里。就在我面前。

"我想我已经把你丢了。我回去，在桥上找你，可是你没有看到我，我看到你在向曼哈顿方向走，我就犯傻了，以为可以在出租车那里拦住你。我知道这很自私。我听见了你在桥上说的话。

---

① 文中提到的艺术家依次为：查理·帕克(Charlie Parker)、朋克乐队一分钟人(Minutemen)、优拉糖果(Yo La Tengo)，色情影院乐队(The New Pornographers)、安德鲁·伯德(Andrew Bird)、比利·布拉格(Billy Bragg)和照办乐队(Wilco)、萨真·斯蒂文斯(Sufjan Stevens)。

可是我们不能就这样离开。我做不到。再也不能。我们必须用另一种方式告别。比——"

"米娅?"我打断了她。我的语气是在提问,也充满了爱意。这使她停住了自己毫不知觉的喋喋不休。"你怎么知道的?"

有些出其不意。不过她似乎知道我在问什么。"哦,那个,"她说,"很复杂。"

我也看着她。我没有权利问她,她没有任何告知的义务。"很好。我们好好的了。现在我好好的。"

"不,亚当,别说了。"米娅说。

我住嘴。

"我想告诉你。我需要把一切都告诉你。我想我要喝杯咖啡,然后我就能镇定下来向你解释。"

她领我走出城区,进了老城风情区一条鹅卵石小径上的面包房。那里的窗户很暗,门是锁着的。各种迹象表明这里已经歇业了。但米娅敲了门,不到一分钟,一个头发茂密、蓬乱的胡须上沾着面粉的男人敞开了门,用法语向米娅喊了一声你好,然后吻了她的脸颊。米娅介绍说这是汉森,然后他立刻消失在面包房里,门敞开着,清晨的空气里混进了奶油和香草的气息。汉森回来了,拿着两大杯咖啡,还有一只棕色的、已经浸上了奶油的纸袋。米娅把咖啡递给我,我打开盖子,热气腾腾,是我喜欢的不加糖和牛奶的咖啡。

已经是早晨了。我们在布鲁克林散步高地找了张长椅坐下,这里也是米娅喜欢的纽约景点,她这样告诉我。就在东河之上,曼哈顿触手可及。我们坐在相依相伴的沉默里,喝着咖啡,吃着汉森做的还热乎的牛角面包。感觉太好了,就像是用一只神奇的跑表回到了过去,而这将是永存的一刻。只是并没有神奇的跑表,还是有很多的疑问要回答。不过,米娅,好像并不慌张。她喝一口,吃一口,遥望着城市。最后,等喝完了咖啡,她转过头来。

"当初我说车祸和之后的事情我都不记得了,我没有撒谎,"她开口了,"不过,随后我开始记起来了。不是真切地记得,但似乎听见了一些细节而它们让我感觉非常熟悉。我跟自己说这是因为这些事我听了很多遍了,可事实不是这样。

"早在大约一年半之前。我第十七次还是十八次做心理治疗。"

"你在接受心理治疗?"

她斜了我一眼。"当然了,我以前经常去看心理医生。他们总是对我说同样的话。"

"什么?"

"说我很生气。我对发生的车祸生气。我生气自己是唯一的幸存者。我生你的气。"她又回过头来对我做了一个抱歉的鬼脸。"别的都能说通,可是你,我就不明白了。我是说,为什么是你?可是,我能感觉出来我是多么……"她的声音降低了,"恼火。"她平静地说,"有很多非常明显的原因,你躲开我,车祸把我们都改变了。可是这不能最终成为我离开时突然感到的毁灭性的恼怒。

我想,其实,某个记忆深处,我肯定知道是你要我留下来——这是在我真正记起之前。这样能说得通吗?”

不能。能。我不知道。“这全都说不通。”我说。

“我知道。所以,我很生你的气。原因不知道。我对这个世界很生气。我知道为什么。我恨我所有的心理医师都这么没用。我是一只怒火中烧自我毁灭的小球,他们全都束手无策,只会告诉我说我是一只怒火中烧自我毁灭的小球。在我遇见南希之前,他们谁也比不上我在茱莉亚的教授们给我的帮助大。我是说,嗨!我知道我是在生气。请你告诉我,我该怎么处理这些愤怒,欧内斯特建议我试试催眠术。那帮他戒了烟,我猜。”她的手肘捅了捅我。

当然了,完美先生不会吸烟。当然,他会是那个帮助米娅发掘她恨我的原因的人。

“也是冒险,”米娅继续说,“催眠状态要打开深藏的记忆。有些伤痛是显意识无法面对的,你必须要找一扇后门绕进去才行。所以有几次治疗我很不配合。它跟我预想的不一样。没有摆动的护身符,没有节拍器。更像是我们在夏令营里做过的几次引导性想象力练习。一开始,没有效果,接着夏天我去了佛蒙特州,然后就不去了。

“但过了几个星期后,我开始有闪回记忆。几个片段。比如我能记起某次手术,能想起医生们在手术室里放了哪些乐曲。我想打电话和他们核对一下,可是过去那么久了我也不知道他们还记不记得。再说，我也不觉得真有必要问。爸爸以前经常说我刚出生的时候，他似乎感觉跟我很熟，一下子有种已经认识我很久的感觉，这可真有意思，因为在他和妈妈眼里我是那么小。可是当我有了第一组记忆，我感到了同样的确定，它们是真的并且是我的。我一直没能把这些碎片衔接在一起，直到有一天我在练一首提琴曲——在我拉琴时，蜂拥而至的记忆击中了我，是格什温的曲子，《活泼自由的行板》。”

我张开嘴，但什么也讲不出来。“我给你放的。”我最后说。

“我知道。”对我的确认她似乎并不吃惊。

我弯下腰，脑袋垂在膝盖上，深吸了一口气。我感到米娅在用手温柔地抚摸我的脖子。

“亚当？”她的语气在试探，“还有呢，这有点怪。对我来说，无疑，我的大脑不知怎么在我毫无知觉时将发生在我身上的事记录了下来。还有一些，别的记忆，比如……”

“比如？”我近于私语。

“大多模糊不清了，不过我很清楚地记着一件我不知道的事，因为我不在场。我有这样一段记忆。是你。很黑。你站在医院入口处的外面，在泛光灯底下，等着进来看我。你穿着皮夹克，抬起头。就像是你在找我。你这么做过吗？”

米娅用手捧住我的下巴，抬起我的脸，显然是在寻找确认那一刻真实与否的证据。我想告诉她，她是对的，可是我彻底失去了讲话的能力。不过，我的表情，似乎仍然给了她肯定的信号。

她轻轻点了点头。“怎么回事？怎么会，亚当？我怎么会知道这个？”

我不知道这是对问题的强调，还是她以为我对她超验的神秘有某种线索。这两者我都无法回答，因为我哭了。我自己没有意识到，是我的嘴唇尝到了盐味。我不记得自己上次大哭是什么时候，但一旦我接受了像婴儿那样嚎啕大哭的羞耻感，闸门就打开了，我放声大哭，当着米娅的面。在这个该诅咒的世界上。

十九

我第一次见到米娅·豪尔是在六年前。我们的高中有艺术课程,如果你选了音乐作选修课,你就可以去上音乐课或者在工作室练琴自修。米娅和我都选择了自修。

我见过几次她拉大提琴,但是并没有什么印象。我是说她很可爱,不过,并不是我要的类型。她是古典音乐家,我是搞摇滚的,油水不相融。

我并没有真正注意到她,直到那天见识了她的无式练琴。她坐在一间隔音的练习室里,琴靠在膝盖上,琴弓放在离琴桥几英尺高的地方。她闭着双眼,眉毛皱起了一点。她那么安静,似乎脱离了身体,在做短暂的旅行。尽管她没有动,尽管她没有睁开眼睛,不知怎么我知道她是在倾听,在沉寂里捕捉音符,就像一只松鼠收集橡子过冬,这是她开始演奏之前的准备。我站在那里,突然被她吸引住了,直到她似乎醒了过来,开始聚精会神地演奏。当她看到我后,我就匆忙溜走了。

从那以后,我有点被她迷住了,被她能在寂静中听到音乐的能力迷住了。那时候,我也想有这种能力。所以我经常去看她拉琴,虽然我告诉自己这是为了锻炼我自己的注意力,是因为她像我一样都是全身心投入的音乐家，并且她也很可爱，其实我也想了解她在沉寂中听到了什么。

我们在一起的那段日子，我想我没有找出答案。可是只要在她身边，我就不需要知道了。我们分别以自己的方式为音乐痴迷。如果我们不能完全理解对方的痴迷，那也没有关系，因为我们了解彼此。

我清楚地知道米娅在说的事情。金和我开着萨拉的粉红色道奇达特到了医院。我不记得问利兹的女朋友借车的事。在路上开车也不记得了。我不记得是怎么把车停进医院所在的小山上的，或者我是怎么找到路的。一分钟前我还在波特兰市区的剧院，在为晚上的演出试音，金出现了，带来了那个可怕的消息。下一分钟，我就站在了医院外面。

米娅无法解释的记忆，类似于在听到消息和到达创伤中心这一段模糊影像里出现的第一个清晰的点。金和我停下车，我赶在她前面走出了车库。我需要几秒钟稳住自己，坚强起来面对将要发生的事。我记得自己看着庞大的医院大楼，想着米娅也不知道在哪里，一阵穿心的恐惧袭来，害怕在金带我来的路上她已经死去了。但随即我有了异样的感觉，不是希望，也不是轻松，而是似乎知道米娅还在这里。这就足够支撑我穿过那些门。

他们说凡事总有原因，但我不知道怎么接受。我不知道，今天发生在凯特、丹尼和泰迪身上的事，我看不出有任何原因。但我只能永远地接受下来，走进去看米娅。米娅的护士把我从米娅的重症监护室赶走了，然后金和我又想尽办法混进去。我不认为那时我已经认识到了，但我想，我可能是在以一种奇怪的方式拖延。我在聚集力量。我不想在她面前失去控制。大概我内心的某个深处知道米娅，已经陷入了昏迷中的米娅会看出我的失态。

当然，最后我还是没能在她面前控制住自己。当我终于看到她时，我差点背过气去。她的皮肤像是软纸。她的眼睛上贴着胶布。她全身上下都插满了管子，吸取和输送液体、血液，排出一些能把人吓死的东西。这样说很丢人，可是在我刚进去时，我想掉头跑开。

可是我不能，也不会。我凝视着远看着是米娅身体的一部分——她的手。她的手指也插上了监控器，可是它们看上去仍是她的双手。我触碰她左手的指尖，憔悴、光滑，像是一块陈旧的皮革。我用手指抚摸她拇指上的老茧。她的手冰凉，就像以前一样，所以我捂暖它们，就像以前一样。

我暖着她的手，我想它们看着还好，这是多么幸运。因为没有了双手，就不会再有音乐，而没有了音乐，她就失去了一切。我想起来不管怎么说米娅也要认识到这一点才行。要提醒她，她还有音乐。我跑出了重症监护室。我有点担心会再也见不到活着的她，但我也知道这是我必须要做的。等我回来，我给她放了马友友的曲子。

也是在那时，我对她做出了承诺。她紧握着我的承诺。

我做了正确的事。现在我知道了。我应该一直都明白，可是我在愤怒中很难看清楚。如果她生气,没问题。即使她恨我也没关系。是我要她这样自私的,即使这将成为我做过的最无私的事。我将继续做下去的最无私的事。

可是我还要这样做。现在我知道了。我会一千次做出这样的承诺,哪怕失去她一千次,只要能够听到她昨天晚上的演出,看见她坐在清晨的阳光里。甚至这些也不必。只要知道她还在某地。活着。

米娅看着我在散步高地哭得天崩地裂。她见证了大地裂开、岩浆迸发,这场剧烈的爆炸,在她看来,一定很哀伤。

可是我不是因为哀伤而哭,我的泪水里充满了感激。

二十

结束时有人把我叫醒
黄昏的静默，柔和的金黄
把我放在一床三叶草上
哦，这个负担我需要帮忙

——《嘘》，《间接伤害》第十三首

当我恢复了自控，平静下来时，我的四肢像是用朽木做成的。我刚喝过一杯浓得不像话的咖啡，但它仿佛也加过安眠药片。我可以现在就躺倒在这把长椅上。我转向米娅，跟她说我要睡觉。

“我住的地方离这里只有几个街区远，”她说，“你可以去那儿。”

哭过之后有种懒散的平静。很久没有这种感觉了，只有当我还是孩子时——一个敏感的孩子——会为不公平或者别的什么事情大哭大闹，每次哭完后，妈妈都会把我抱到床上。我想象着米娅把我放进一张小男孩的单人床，拉过巴斯光年的被单盖在我的下巴底下。

已经是早晨了。人们都起来了，走到了大街上。我们走在路上，安静的住宅区已经变成了热闹的街市，开门营业的小商店，小咖啡馆，还有那些热爱八卦的人物。我会被认出来。可是我不再费事遮掩——不要太阳镜、帽子。我不想掩藏。米娅在人群中穿行，然后拐进了一条郁郁葱葱两边全是褐石和红砖建筑的街道。她在一座小小的红砖车库房子前站住。“家，温暖的家。这是一位去了维也纳交响乐团的职业提琴演奏家转租给我的。我已经创纪录地住了九个月。”

我跟在她后面进了这座我见过的最紧凑的房子。一楼是起居室和厨房，带着一扇推拉门，通向比房子地板深两级的小花园。她指点我在一张白色的组合沙发上躺下。我踢掉了鞋子，把自己扔进沙发，陷入一堆软垫里面。米娅抬起我的脑袋，塞进来一只枕头，在我身上盖了软软的毯子，就像我先前希望的那样，她把我放进了被窝里。

我听到了她上楼的脚步声，应该是去卧室，可是不对，我感到棉垫轻微的弹动，米娅在沙发的另一端躺了下来。她的两条腿搓动了几次，脚距离我的脚只有几英寸。然后她发出了一声长叹，呼吸减缓，有了节奏。她睡着了。几分钟后，我也睡着了。

我醒来时，居室里非常明亮，我感到精力充沛，立即意识到自己肯定睡了很久，已经错过了航班。但看了一眼厨房里的钟表，上面显示还不到两点，还是星期六。我不过只睡了几个小时，五点我要到机场同奥尔德斯会合。

米娅还在沉睡，呼吸很深，几乎是在打鼾。我看了她一会儿。她是那么安宁，那么熟悉。早在我变成现在的失眠者之前，夜里，我也总是不容易入睡，而米娅总是看五分钟的书，就滚到自己那边，睡过去了。一缕头发滑到了她的脸上，落在嘴边，伴随着吸气和呼气，被吹起又落下。想也没想，我靠过去，拨开了那一缕头发，无意中碰到了她的嘴唇。感觉是那么的自然，像是这三年并不曾过去，我几乎忍不住诱惑去亲她的脸颊、下巴，还有前额。

几乎。但还没有。就像是我在从一面棱镜里望着米娅，还是她，但有些东西已经改变了，所以现在，我想要亲吻入睡的米娅的想法并不甜蜜也不浪漫。只会让人觉得可怕。

我站起来，舒展了一下四肢。我想要叫醒她——但有些不情愿。于是我在她的屋子里转了一圈。我们几个小时前进来的时候我太累了，还没认真看过。现在我四处看了一下，我发现它与米娅长大的那所房子奇怪地相像。墙上同样胡乱地贴满了不协调的照片——丝绒猫王，一九九五年世界大赛招贴，两边分别是布鲁克林道奇队和纽约洋基队——还有同样的装饰性高光，如门廊上挂着的辣椒和胡椒灯。

还有照片，到处都是照片，墙上挂着的，架子和台子上摆着的。几百张她家人的照片，包括那些似乎曾经挂在她老家墙上的照片：凯特和丹尼的婚礼照片；丹尼穿着流苏皮夹克用一只手抱着婴儿时的米娅；八岁大的米娅，脸上是巨大的微笑，抱着她的大提琴；米娅和凯特抱着红脸蛋的泰迪——他出生才几分钟。甚至有米娅在给泰迪念书的令人心碎的照片，这张在米娅的祖父母家时，我都不忍心看，不过在这里，在米娅住的地方，它没让我感觉那么心碎。

我走进小厨房，这里像是真正的照片展示厅，很多张米娅的祖父母坐在乐池前的照片，米娅的姑妈、叔叔、表兄、表姐在俄勒冈山中远足，高举着啤酒杯。还有一堆亨利和薇洛，还有特里克茜的照片，那个小男孩肯定是泰奥。有金和米娅高中时的照片，还有一张她们在帝国大厦顶层的照片——我感到一阵触动，想起她们的关系没有删节，她们共有一段我一无所知的历史。还有一张金的照片，她穿着防弹夹克，在狂风沙中被吹得头发散乱。

有一些照片是衣着正式的音乐家端着细长的香槟杯。一个眼神明亮，发卷狂乱，穿着燕尾服的男人手持指挥棒，还有这个家伙跟一群衣服破烂的小孩子在一起，接着还是他，旁边站着一位炫目的黑美人，她在吻一个不那么穷困可怜的孩子。这一定就是欧内斯特。

我走进后花园，想抽起床后的第一根烟。我拍了拍口袋，只找到了钱包，我的墨镜，还有借来的 iPod，那套常用的像是长在我身上一样的吉他拨子。随即我想起来，我肯定是把烟忘在桥上了。不吸烟。不吃药。我想今天肯定是戒除坏习惯的特别一日。

我回到屋里，又转了一圈。不是我预想中的样子。她说她不停地搬家，我还想这里会是一个堆满了纸箱，一点都不个人化，充满了杀虫剂味道的地方。尽管她谈到了很多关于幽灵的话题。

我还是没想到她会跟她的鬼魂弄出这么舒适的小窝。

除了我的鬼魂。没有任何一张我的照片，尽管很多次凯特拍家庭合影的时候都把我拉了进去。她甚至把一张我和米娅还有泰迪穿着万圣节化装的照片镶了起来，放在他们老家起居室的壁炉架上，那里可是豪尔之家的荣耀所在。可是这里没有。这里没有一张我和米娅给对方拍过的或者一起拍的那种傻傻的照片——亲吻或者拥抱的时候，伸出一只胳膊拿着照相机。我爱那些照片。总是会切掉半个脑袋或者多出一根手指，可是它们似乎捕捉到某种真实。

我没有感觉不快。如果还是昨天晚上，那我可能会。可是现在我明白了。不管我在米娅的生活里，在她的心中，占据了什么位置，三年半前在医院的那段日子都是不可改变的。

结束。我恨这个词。心理医生喜欢用它。布瑞恩喜欢它。她说我一直都没同米娅真正结束。“超过五百万人购买和倾听了我的结束。”这是我的标准回答。

站在这里，在这所安静的房子里，我能听到外面叽叽喳喳的小鸟的声音，我想我对结束这个概念有了一点了解。不是戏剧性的此前一之后，更像是在一场切实而美好的旅行之后的那种忧郁的感觉。一些特别的东西到了尽头，你很悲伤，可是你不该那么悲伤，因为，嗨，在进行时它是美好的，而且还会有别的旅行，别的美好时光。不过不会是同米娅——或者同布瑞恩。

我看了一眼钟表。我要回曼哈顿了，收拾东西，回复最紧急的电邮——毫无疑问,现在肯定已经一大堆了——然后去机场。我要出去叫出租车,在这之前,我需要把米娅叫醒,有礼貌地跟她说再见。

我决定煮咖啡。以前,咖啡的气味也能把她唤醒。我住在她那里的那些早晨,有时我会起床比较早,同泰迪玩一会儿。在很大方地让她多睡一个小时之后,我会直接把咖啡壶带进她的房间,热气四蹿,她会从枕头上抬起头来,睡眼朦胧。

我进了厨房,似乎立刻知道了每一样东西的位置,仿佛这里是我的厨房,我已经在这里煮过一千次咖啡了。咖啡壶就在水槽上面的柜子里。咖啡在冰箱门上边的罐子里。我挖了一大勺浓深黑色粉放在咖啡壶的上层,然后冲满水,把壶放在炉子上。嗤嗤声充满了房间,紧跟着是浓厚的香气。我几乎能够看到它们,就像一朵漫画里的云,在屋子上空飘过,诱发了米娅的苏醒。

非常确定,在整壶咖啡煮好之前,她就在沙发里伸了一下懒腰,像她每次醒来时一样,张嘴像是要吞下一点空气的样子。看到我在厨房里,她愣了一会儿。我不知道这是因为我像个家庭主妇一样在忙活,还是因为我出现在这里。然后我记起了她说过的她每天醒来时的迷惑。"你全都记起来了吗?"我问。很大声。因为我想知道,也因为是她要我问的。

"没有,"她说,"今天早上没有。"她打了个哈欠,然后又伸了一个懒腰。"我想我梦见了昨天晚上的事。然后我闻到了咖啡香。"

“对不起。”我嘟哝。

她笑了，踢开毯子。“你真的以为要是你不提我的家人，我就会把他们都忘掉？”

“不是，”我承认，“我想不会。”

“你也看见了，我不是在努力去忘掉。”米娅指着那些照片。

“我看了。你有一间让人印象非常深刻的照片墙。每个人都在。”

“谢谢。他们陪在我身边。”

我看着那些照片，想象着有一天米娅自己的孩子会占据更多的相框，为她创建出一个新的家庭，延续的世代，其中不会有我。

“我知道这些只是照片，”她继续说，“可是有些日子，它们真的能在早上喊我起床。嗯，它们，还有咖啡。”

啊，咖啡。我去厨房，打开我知道有杯子在里面的柜子，不过我吓了一跳，里面是一套从二十世纪五十年代到六十年代的马克杯，以前我用过很多次了。我很吃惊，她竟然拉着它们从一间宿舍搬到又一间宿舍，从一间公寓到又一间公寓。我找那只我最喜爱的马克杯——上面印着咖啡壶在跳舞的那只，发现它还在这里我简直要高兴坏了。这也跟看见墙上有我的照片差不多了。至少我的一件小东西仍然在这里，尽管大件的没有。

我给自己倒了一杯，然后给米娅倒。

“我喜欢这些照片，”我说，“留住了很多有意思的东西。”

米娅点点头，吹着咖啡里的泡泡。

“我也很想念他们，”我说，“每一天。”

她好像很吃惊。不是吃惊我会想念他们，而是，我终于承认了这一点。她很严肃地点点头。“我知道。”她说。

她在房间里转了一圈，轻轻地摸着照片的相框。“我已经没地方放了，”她说，“我不得不把金最近的一些照片放在浴室里。你最近跟她联系过吗？”

她一定知道我对金做过什么。“没有。”

“真的？那你没听说过那则丑闻？”

我摇摇头。

“她去年退学了。阿富汗突然爆发战争，金决定了，去它的，我想成为一名摄影师，最好的教育是在战场上。所以她就拿起相机，出发了。她开始卖照片给美联社和《纽约时报》。她穿着罩袍到处走，把她的摄影器械藏在袍子里面，然后撩开袍子，拍照。”

“我敢打赌沙因太太喜欢这些。”金的妈妈的保护过度的是臭名在外的。上次我听说金横穿整个美国去上学，把她吓坏了，而金曾经说过，她就是要这种效果。

米娅笑了。“一开始，金告诉她的家人她只是离开一学期，可是现在，她做得非常成功，所以她正式退学了，沙因太太也正式患上了神经崩溃症。情况就变成了这样，金这样一个友好漂亮的犹太女孩在一个非常穆斯林的国家。”米娅吹着她的咖啡喝了一口。“可是，另一方面，现在金的照片上了《纽约时报》，她还得到了《国家地理》的特约记者合同，所以这也给了沙因太太一些吹牛的弹药。”

“是一位母亲很难拒绝的。”我说。

“她是流星乐队的超级粉丝,你知道吗?”

“沙因太太?我一直以为她更偏向嘻哈。”

米娅笑了。“不,她是死亡金属。硬核。金,她看过你们在曼谷的演出。她说那天下大雨,你就在雨里弹吉他。”

“她看了那场演出?真希望当时她能到后台来,打个招呼。”我说,其实我知道她为什么没有来。不过,她来看了演出。她一定是有点原谅我了。

“我也这么跟她说的。可是她不得不马上离开。她去曼谷是去放松、休息,可是你们演出的地方在下雨,而别的地方有一场飓风,她不得不跑去做报道。这段时间,她可真是个到处惹事的快门宝贝。”

我想到金藏在移动的树下,跟踪着塔利班造反派。令人惊讶的是这很容易想象出来。“这很有意思。”我开口。

“什么?”米娅问。

“金成为了一名战地摄影师。危险的女孩。”

“是啊。要大笑一阵子。”

“我还不是这个意思。我是说:金、你,还有我,我们都来自俄勒冈某个无名的小镇,可是看看我们。我们三个,都很出色。你们都得到了承认。这也有点奇怪。”

“一点都不奇怪,”米娅说,倒出一碗玉米片,“我们都经受住了严峻的考验。来，吃点麦片。”

我不饿，一片麦片都吃不下，但还是坐了下来，因为感觉又像是在豪尔一家的餐桌前坐了下来。

时间是有重量的，现在我能感觉到它压在了我的身上。差不多要三点了。又一个一天半过去了，今晚四点我就要离开。我听着挂在米娅墙上的复古钟表的滴答声。我放任了太多的时间流逝而去，才终于开口说话。

“我们都有飞机要赶。也许我该动身了，”我说，声音听上去很远，可是我感到出奇的镇静，“这附近有出租车吗？”

“没有，我们往返曼哈顿都是用水筏子，”她开玩笑说。“你可以打电话叫出租车。”过了一会儿，她补充说。

我站起来，走向米娅的厨房，那里有电话。“电话是多少？”我问。

“七一一一八……”米娅说，接着她打断了自己，“等一下。”

开始我以为她只是停一下，回想那个号码，可是我看到她的眼睛，里面是犹豫和恳请。

“最后还有件事，”她继续说，很犹豫，“我有样东西，应该属于你。”

“我的擦洗 T 恤衫？”

她摇摇头。“恐怕那个早就丢了。来，在楼上。”

我跟着她走上吱吱响的楼梯。在狭窄的楼梯口的右侧，我看到了她天花板倾斜的卧室。左侧是一扇关着的门。米娅打开门，是一间很小的工作室。角落里有个带着数字盘的柜子。米娅按了一组密码，门打开了。

第一眼看到她从柜子里拿出来的东西，就像是，哦，对了，我的吉他。就在这里，在米娅位于布鲁克林的小房子里，出现了我以前的电吉他。我的入门级莱斯·保罗。我用送比萨的钱在一家二手店买的，当时我才十几岁。我是用这把吉他录完了我们准备期的所有作品，也包括《间接伤害》。是那把我送去做慈善拍卖并且无时无刻不在后悔的吉他。

它就呆在自己的老盒子里，贴着我的老弗格齐和K唱片公司的贴纸，甚至还有米娅爸爸的老乐队的贴纸。所有的东西都丝毫未变。吊带，我把它从舞台上扔下去砸出来的凹痕，甚至灰尘的气味都那么熟悉。

我一下子全都接受了，几秒钟后才真正反应过来。这是我的吉他，米娅存着我的吉他。米娅是那个付了超高的价格买下了我的吉他的人，也就是说她知道拍卖它的消息。我巡视了一下房间。在乐谱和大提琴附带设备之间是一摞杂志，杂志的封面上是我的脸。这时我记起了在桥上发生的事，米娅为了证明她离开我是正当的，背诵了《转轮手枪》的歌词。

突然，就像是我整个晚上都戴着耳塞，而现在它们掉下来了，所有被遮盖住的东西都清晰了。但是那么大声，刺耳。

米娅存着我的吉他。这是一件多么直接明了的事情，可是我不知道如果换了是泰迪从壁橱里蹦出来我会不会比现在更吃惊。我头晕，坐了下来。米娅就站在我面前，脖子上扛着我的吉他，递还给我。

“你？”我只能哽咽着讲出这一个字。

“一直都是我，”她温柔地回答，有些羞怯，“还能有谁呢？”

我的大脑脱离了我的身体。我只剩下最简单的语言能力。“可是……为什么？”

“有人不得不把它从硬摇滚咖啡馆里解救出来。”米娅笑着说。可是我能听出她底气的不足。

“可是……”我搜寻着词句，就像一个落水的人去抓漂浮着的碎片。“……你说你恨我？”

米娅发出一声悠长的、深深的叹息，“我知道，我需要恨某个人，而你是我最爱的人，所以就落到了你身上。”

她抓起吉他，递给我。她想要我接住，可是我现在连一颗棉花球也拣不起来。

她还是看着我，还是递给我。

“可是欧内斯特？”

她脸上的表情先是困惑，接着很吃惊。“他是我的导师，亚当，我的朋友。他结婚了。”她低下头找一下节奏。等她再看向我时，惊讶已经被强化成了自卫式的防御。“再说，你凭什么在意？”

回去找你的幽灵，我听见布瑞恩对我说。可是她错了。跟幽灵生活在一起的是布瑞恩，一个一直爱着别人的、只能算作幽灵的男人。

“如果你不曾决定你需要恨我，就不会有布瑞恩。”我回答。

米娅对这句直率的话非常坦然。“我不恨你。我想我从没真正恨过你。只是很愤怒。一旦我能面对它，我理解了这些事，它就消散了。”她低下头，深深地吸了一口气，释放出了一场狂风骤雨。“我知道我欠你一个道歉。整个晚上我都想要说出来，可是像这种词——道歉、对不起——对比你应该得到的，这些词太寒酸了。”她摇摇头。“我知道我对你做的事很不对，可是在当时我要活下去就不得不这样。我不知道自己讲的这两种心意是不是真实，但，情况就是这样。如果安慰在一段时间后，变得不再必要，它就变成了极大的过错，那么留给我的就只有这些无法衡量的过错，还有我对你的思念。我不得不站在远处看你，看着你完成了自己的梦想，过着表面看来极为完美的人生。”

“并不完美。”我说。

“现在我知道了，可是我怎么想得到？你离我非常、非常远。我接受这些。接受这些作为是对我所做过的事情的惩罚。然后……”她的声音低了下去。

“什么？”

她吸了一口气，做了个鬼脸。“然后当亚当·维尔德在卡耐基音乐厅显身，在我职业生涯最辉煌的一夜，我会觉得这不只是巧合。这像是一件礼物。他们送来的。为了我的第一次独奏演出，他们送给了我一把大提琴。而这次，他们送来了你。”

我身上的每一根毛发都竖了起来，全身打了一个激灵。

她忙着用手背擦去眼泪，深呼吸。“这东西你要还是不要了？我也很久没给它调音了。”

我一直梦想着这一刻。米娅从濒死状态中回来了，站在我面前，活生生的。可是这样的梦太多了，我知道它们不是真的，我可以等我的闹铃声响，所以我似乎是在倾听，等着铃声响起，这一切消失。可是没有。当我手握住吉他，木头和琴弦都是那么真实，将我带回了大地。它们唤醒了我。而她还在。

她看着我，我的吉他，还有她的大提琴，窗台上的钟表。我知道她想要什么，和我许多年来渴望的是同一件事，可是在过去了那么久之后，我不敢相信了，现在我们到了时间之外，她在要求。可我仍然点了下头。她给吉他插电，把缆线扔给我，打开了扩音器。

“你能给我一个 E 吗？”我问。米娅把她的提琴调到了 E 弦。我调着音，拨了一首 A 小调，当音符撞到四面墙上又弹了回来时，我感到一阵太久、太久没有过的穿透脊椎的触电般的颤抖。

我看着米娅。她坐在我对面，提琴放在两腿之间。她的眼睛闭上了，我知道她在做什么——从寂静中听出音乐。接着，很快，米娅似乎已经听到了她要听的。她睁开眼睛，再一次看着我，就像它们从来没有离开过。她捡起琴弓，歪着头指着我的吉他。“你准备好了？”她问。

我想要告诉她的事太多太多，最要紧的就是我一直都是准备好的。可是我没说。我调好放大器，从口袋里掏出一枚拨子，说了声“好了”。

二十一

我们仿佛演奏了几个小时、几天、几年，也或许只有几秒钟。我无法说清。我们加速，减缓，我们手里的乐器尖叫。我们严肃。我们大笑。我们安静下来。然后大声说话。我的心在怦怦跳，我的血脉喷涌，我的全身都在弹奏，我想起来了：演出并不意味像靶心一样站在几千个陌生人前面。演出是一起来。演出是协调融洽。

最后当我们暂停下来时，我浑身是汗，米娅在喘，像是刚跑了几英里。我们安静地坐着，急促的呼吸先后减缓，心跳稳定下来。我看了一眼钟表。过了五点。米娅跟随着我的目光。她放下手里的琴弓。

“下一步呢？”她问。

“舒伯特？雷蒙斯？”我说，尽管我知道她不是在问这个。可是我能想的就是继续演奏，因为这么久以来这是我唯一想要做的事。并且我很怕音乐结束之后会发生什么。

米娅指着在窗台上不祥地闪烁着的数字钟表。“我想你赶不上飞机了。”

我耸耸肩，没关系，今天晚上还有十多个航班飞往伦敦。“你还能赶上你的吗?"

"我不想赶了,"她怯怯地说,"我还能再待一天。我可以明天走。"

突然,我像是看到了奥尔德斯在维京航空的出港候机大厅里走来走去,一边在想我怎么不见了,一边拨打那部仍然放在酒店床边桌上的手机。我想到布瑞恩,在洛杉矶,她还不知道在纽约已经发生了一场地震,将引发一场到达她那里的海啸。我意识到在那之前,还有一些事情需要现在应对。"我需要打几个电话,"我告诉米娅,"给我的经理,他在等我……还有布瑞恩。"

"哦,好的,当然了。"她说,她垂下脸,慌忙站了起来,差点把琴摔在地上。"电话就在楼下。我也应该给东京打电话,不过我想现在应该是午夜,所以我还是先发一封邮件,随后再打。我的旅行代理……"

"米娅。"我打断她。

"什么?"

"我们会安排好一切的。"

"是吗?"她好像并不确信。

我点点头,尽管我自己的心也在怦怦跳,就在米娅把无线电话放进我手里的那一刻,就有无数困惑的碎片在旋转。我走进她的花园,安静、隐蔽,洒满了午后的阳光,夏蝉鸣个不停,好像在呼叫着暴风雨。第一声铃响奥尔德斯就把电话接了起来,我一听到他的声音就开始讲,我向他保证我很好,下一步会怎么安排,一切脱口而出就像是我已经深思熟虑了良久。我解释说我现在去不了伦敦,我不拍什么音乐录像或者接受采访了,不过我会出现在伦敦参加巡演的第一场,以及后面的每一场。余下的安排都在我大脑里清楚地讲出来了——昨天晚上还很模糊的东西现在已经变得很清晰了——但我没有说,不过我想奥尔德斯也感觉到了。

我看不见奥尔德斯,所以我不知道他是在犹豫作难还是吃惊,不过他没漏掉一句话。“巡演全程你都会认真演完?”他重复道。

“是。”

“我该怎么跟乐队其他人讲?”

“要是他们愿意,他们可以自己录那段录像。我跟他们在吉尔福德音乐节上见,”我提到的是英国一个很大的音乐节,我们将在那里做巡演的首场演出,“到那时我会对一切做出解释。”

“那这期间你会在哪儿？要是有人想找你。”

“跟他们说不要找我。”我回答。

下一个电话要难一些。我多么希望我没有选择在今天戒烟。我做了深呼吸,就像那些医生教过我的,拨了号码。十位数字穿过一千英里。

“我想也应该是你,”布瑞恩听出了我的声音,这样说,“你的电话又丢了？你在哪儿呢?”

“我还在纽约。在布鲁克林。”我停了一下,“跟米娅在一起。”

线路里充满了岩石般的沉默,我一个人讲个不停想要驱散这种沉默,这算什么?……我不知道:这是对那偶然发生的一夜的匆忙的解释,还是在告知说我们之间从来都不对,不是她想要的那种关系,就结果来说我一直是个很操蛋的男朋友。我告诉她,希望她的下一个男友比我好。

“对,那我倒不用担心。”她说,想要笑两声,但没能笑出来。很长一段的沉默。我等她的长篇大论,她的责骂,这些是我该得的。可是她什么也没说。

“你还在吗?”我问。

“在,我在想。”

“想什么?”

“我在想,是不是我宁愿她早就死掉了。”

“天呢,布瑞恩!”

“哦,住嘴!有权利发火的不是你。不是现在。答案是不。我很高兴她活下来了。”她又停了一会儿,“不过,对你就不那么确定了。”然后她挂掉了电话。

我站在那里,电话还举在耳朵边,想着布瑞恩最后说的话,在想她的恶意里是否也含着一丝赦免。我不知道这还重不重要,因为当我呼吸到清凉的空气,我感到放松,感到全身心的解脱。

过了一会儿,我抬起头。米娅站在推拉门前,等着一切被安排妥当。我对她茫然地挥了挥手,她慢慢地从铺砖地面上走过来,我还站在那里,手里还拿着电话。她抓起电话的上端,就像这是一个接力棒,就要传过去了。“都还好吗?”她问。

“我被放出来，得说从我先前的责任义务里。”

“巡演也不去了？”她似乎很吃惊。

我摇摇头，“巡演还要去。是巡演前的一堆破烂事。还有其他的，嗯，纠缠。”

“哦。”

我们都站在那里，笑得像两个傻瓜，手里都紧抓着无绳电话。最后，我先放开，轻轻地拿起她的手，把话筒拿开，放在铁艺小桌上，但再也不会松开握在手里的她的手。

我的拇指抚摸着她拇指上的老茧，上下触摸着她瘦削的指关节和手腕。是那么地轻松自然，同时又像是恩赐。我在抚摸的是米娅。她让我这么做。她不只是允许，而且闭上了双眼，沉醉在里面。

“这是真的。我可以拿着这只手？”我问，抬起它放在我粗糙的脸颊上。

米娅的微笑像巧克力在融化。这是一曲不得了的吉他独奏。世界上的一切都很美好。“嗯。”她回答。

我把她拉进怀里。一千个太阳从我的胸口升起。“准许我这样做吗？”我问，用胳膊抱住她的胳膊，在院子里慢步跳舞。

微笑占满了她的整张脸。“你得到了准许。”她喃喃地说。

我的手上下抚摸着她赤裸的双臂。我带着她旋转，绕着那些植物旋转，突然它们盛开出芳香的花朵。我把头埋进她的头发里，呼吸着她的味道，陷入她身体里的纽约之夜。我跟着她的视线向上看，看到天上。

“你想他们正在看着我们？”我问，小心翼翼地吻着她肩上的伤疤，心里痛得揪成了一团。

“谁？”米娅问，靠紧我，微微一颤。

“你的家人。你好像说他们一直在看着你。你觉得这个他们也能看见吗？”我圈住她的腰，吻她的右耳背后，以前，这么做总会使她痴狂，根据她急促的呼吸声和深深挖进我身体里的指甲来看，仍是这样。我突然意识到我的问题里有令人毛骨悚然的地方，但实际上却没有那种感觉。昨天晚上，想到她的家人会对我所做的一切都看在眼里时，我感到羞愧，可是现在，不是说我想要他们看到这些，而是我想要他们知道，知道我们。

“我倾向于认为他们给了我们一些私人空间。”她说，像向日葵那样转向我种植在她下巴上的吻。“可是我的邻居肯定可以看见。”她的手指穿过我的头发，这像是在对我的头皮处以电击死刑——如果电刑能有这么好的感觉的话。

“你好啊，邻居们。”我说，手指沿着柔弱的脖子下到锁骨。

她的手在我的T恤里面，我的脏脏的、发臭的黑T恤，幸运的黑T恤。她的抚摸不再轻柔。她是在探索，手指尖在敲紧急的莫斯电码。“要是这个动作再久一点，我的邻居们就有好戏看了。”她低声说。

“我们都是表演者，毕竟。”我回答，手钻进她的衬衣里面，向上经过她的整个上半身，然后再一次向下。我们身上的皮肤向外探出来，就像磁石互相吸引，相反的能量都被永久地剥夺了。

我的手指探进她的脖子，她的下巴，然后我用双手捧起她的下巴。停住。我们在那里站了一会儿，注视着对方，尽情享受这一刻。立刻，我们又扑在一起，米娅双腿离地，缠在我的腰上，她的手抓着我的头发，我的手在抚弄她的头发。还有我们的嘴唇。皮肤不够，唾液不够，时间也不够，我们的嘴唇找到了对方都想补偿的那失去的岁月。我们接吻。电流蹿升。布鲁克林区所有的照明灯都受到了冲击。

“进去！”米娅一半是在命令，一半是在请求，她的腿还缠在我身上，我抱着她走回她的小家，回到那个我们一起睡过的沙发上。

这次我们都很清醒。我们在一起。

我们都睡过去了，醒来时已经半夜，很饿。我们要了外卖。在楼上她的床上吃。像是一场梦，最不可思议的是在拂晓时分醒来。有米娅在身边。看她在那里沉沉睡着，是未曾有过的快乐。我把她拉进我怀里，又睡了过去。

然而没过几个小时我再次醒来，米娅坐在窗口一张椅子里，她的腿缠成了一只紧绷绷的球，身上盖着她奶奶钩织的那床旧阿富汗毯子。她似乎很悲戚，这种情景就像是在我的内脏里面放了一颗手榴弹，这是同她在一起，我最害怕的、最糟糕的事了。这已经不用多说了。我的脑子里只有：我不能再失去你。那样真的会杀了我。

“怎么了?”我问,赶在我神经错乱之前,赶在我的心烧成灰烬、只能哑口无言地走开之前。

“我只是在想高中的时候。”米娅悲伤地说。

“想那些,谁都会感觉伤心的。”

米娅没有上钩,她没有笑。她消沉地坐在椅子里。“我在想,我们又在同一条船上了。我来茱莉亚的时候,你也走在你的路上,啊,我们变成了现在这样。”她低下头,用手指缠着毯子里的纱线,直到手指尖的皮肤开始泛白。“只是那时我们还有很多的时间去担心将来。现在我们拥有了一天,或者是有过了一天。昨天晚上是那么的喜悦,可是只有一夜。七个小时后,我就要飞去日本。你也有你的乐队。你的巡演。”她用下半截手掌压住眼睛。

“米娅,别说了!”我的声音撞到了她卧室的墙上,“我们不再是上高中的时候了!”

她看着我,充满疑问。

“看,我的巡演还要一周才开始。”

一片希望的羽毛在我俩之间的空隙里飘浮。

“而且,我也很想吃寿司。”

她的微笑是哀伤的、悔恨的微笑,并不是我真正想要的。“你会跟我去日本?”她问。

“我已经在这里了。”

“我会很愿意，可是那么——我是说我知道我们能找到办法，可是我要经常到处跑……”

为什么她会这么不明白，而在我看来这就像是我有多少根手指那么简单？“我会成为你的家属，”我告诉她，“你的骨肉皮，你的演出场地管理员，你的随便什么。不管你去哪里，我也一起去。要是你愿意。如果你不想，我也能理解。”

“不，我想。相信我，我想要这样。可是这怎么能行？你的行程呢？还有乐队？”

我停了一下。接着大声讲了出来，它终于成真了。“没有乐队了。至少，对我是这样，我够了。在这场巡演之后，我退出。”

“不！”米娅摇摇头，那么用力，她的长发扫到了身后的墙壁。她脸上那种坚决的表情我太熟悉了，我感到自己的胃被翻了过来。“你不能对自己这么做，”她补充说，嗓音变得柔和了，“我不会再接受任何免费通行证。”

“免费通行证？”

“过去的三年里，每一个人，也许茱莉亚的全体教师除外，都给我免费通行证。更糟的是，我也给自己免费通行证。一点好处都没有。我不想变成那样的人，那种只管拿的人。我从你身上取得的已经够多了。我不要你抛弃你那么热爱的东西而成为我的看护人或者行李工。”

“这很公平，”我小声说，“我已经有点不那么爱音乐了。”

“因为我。”米娅很难过。

“因为生活。”我回答。“我会一直做音乐。我甚至还会再去录音,可是现在我和我的吉他需要一段时间的空白,来回忆自己做音乐的首要目的是什么。不管有没有考虑到你,我都要离开乐队了。至于看护人,要有什么区别的话,我才是需要看护的人。是我在哀求。”

我努力说得像是在讲玩笑话,可是米娅总能一眼就看出我的把戏。过去的二十四个小时已经证明了。

她用自己那双激光束般的眼睛看着我。“你知道,我这些年总在想,”她哽咽了,“是谁一直在你身边。在你为所失去而悲痛的时候,有谁握住你的手。”

米娅的话撬开了我心里的某些东西,突然,我的脸上又一次挂满了眼泪。该死,我三年都没哭过了,而这已经是这些天来的第二次了。

“轮到我看着你熬过去了,”她悄声说,走回我的身边,用她的毯子包起我,我又一次哭得稀里哗啦。她抱着我,一直到我的 Y 染色体恢复过来。然后她转过脸来,眼神有些飘忽朦胧。“你们的音乐节是在下个周六,对吗?”她问。

我点头。

“我在日本有两场演出,周四韩国还有一场,所以我能周五到那里,向西走,能赚回一天。并且,在这之后,要再过一周,才要去芝加哥。所以我们直接从首尔飞伦敦。”

“你在说什么?”

她问的时候似乎很害羞，就像是没有任何可能我会说不，就像这并不是我一直都想要的。

“我能跟你一起去音乐节吗？”

二十二

“我怎么从没看过演出？”泰迪问。

我们都在，米娅、凯特、丹尼、泰迪，还有我——第三个孩子，在狼吞虎咽。你不能责怪我，丹尼做的饭总是比我妈做的好吃。

“小男人，你说什么？”丹尼问，舀了一勺土豆泥放在泰迪的盘子里，旁边是烤三文鱼，还有菠菜，泰迪尝过——不成功——不想吃。

“我在看以前的照相本子。米娅所有的演出都去了，即使在她还是个婴儿的时候。我却从没去看过一场。而我都八岁了。”

“你五个月前才满七岁。”凯特大笑。

“还是嘛。米娅还不会走路就去了。这不公平！”

“谁跟你说过生活就要公平？”凯特问，一边的眉毛挑起。“当然不是我。我信奉磨难才是一所好学校。”

泰迪转投容易的目标。“爸爸？”

“米娅当时会去，是因为那是我的演出，泰迪。那是我们的家庭聚会。”

“可是你也看过演出了，”米娅说，“你去过我的独奏会。”

泰迪做出一副恶心的表情，看着丹尼挖给他的菠菜。“那不算数。我想去大声吵闹、戴着消音器的演出。”消音器是小米娅去看丹尼以前的乐队演出时戴的一个巨大的电话听筒。丹尼在一支朋克乐队里，很大声的朋克乐队。

“恐怕那个消音器都退休了吧。”丹尼说。米娅的爸爸退出乐队已经很久了。他现在是中学教师，穿着复古套装，抽烟斗。

“你可以来看我的演出。”我说，叉起一块三文鱼。

餐桌上的每一个人都停住了刀叉，看着我，豪尔家所有的成年人都给了一个表情，不通过。对于我惹出的事端，丹尼是一脸的疲惫。凯特好像对我颠覆了她的监护权感到很恼火。还有米娅——不知道什么原因，她总是在她的家人和我的乐队之间竖一堵隔离墙——在向我投匕首。只有泰迪，跪在椅子上，鼓掌——他站在我这边。

“泰迪不能待到那么晚。”凯特说。

“米娅小的时候，你让她待到那么晚。”泰迪反驳道。

“我们不能待到那么晚。”丹尼疲倦地说。

“我想这也不适宜小孩子。”米娅很生气。

立刻，我心里涌上一阵熟悉的懊恼。因为这是我一直无法理解的。一方面，音乐是米娅和我之间共同的纽带，我是摇滚乐手，这曾是对她有吸引力的一部分。我们都知道她家是我们俩的共同落脚点——我们总是待在这里——觉得这里就像是我们俩的天堂。可是她却完全禁止她的家人去看我的演出。我们在一起的这些年，他们从未去过。尽管丹尼和凯特暗示过他们愿意去，米娅却总是找借口说为什么要看这场呢,或者时机也不合适。

“适宜? 你说泰迪来看我的演出不‘适宜’?”我问,试图压低嗓音。

“是,我这么说了。”如果这是她想要的效果,那么她的语气是达到了顶点的防御或者傲慢。

凯特和丹尼迅速瞟了对方一眼。不管他们刚才有多烦恼,现在也开始同情我了。他们知道米娅的反对会给对方什么感觉。

“好吧,首先,你已经十六岁了。你不是一个图书管理员。所以你不准用‘适宜’这个词。再说了,到底是为什么呢?”

“好了,泰迪,”凯特说,端起泰迪的盘子,“你可以去客厅,坐在电视机前面吃。”

“不行,我要看这个!”

“海绵宝宝?”丹尼提议,用手肘推了推他。

“还有,”我对丹尼和凯特说,“我想的是下个月在海湾的大型音乐节上的那场演出。是在白天,周末,露天,所以声音也不会很大。这就是为什么我觉得泰迪可以去。实际上,你们全都可以去。”

凯特的表情缓和多了。她点点头。“听上去挺有意思的。”随即她指了指米娅,仿佛是在说:可是你还有更棘手的事情要处理。

他们三个先后走出了厨房。米娅垂下脑袋藏在她的头发里,表情既是内疚,又像是在说她一英寸也不让。

“你是怎么了?”我问,“你为什么要把你的家人同我的乐队隔开？在你心里我们就那么差吗？”

“不，当然不是！”

“你不高兴我和你爸爸总在谈论音乐？”

“不，我不介意你们谈论摇滚。”

“那么，这是怎么了，米娅？”

不争气的泪水在她的眼眶里打转转，她生气地把它们拍走。

“怎么了？”我问，语气柔和多了。米娅从不掉鳄鱼眼泪，或者说从不掉泪。

她摇摇头，嘴唇咬得紧紧的。

“直接告诉我。不可能比我想的更坏吧，我想你是为流星乐队感到丢脸，因为你觉得我们实在是烂透了。”

她又摇摇头。“你知道不是那样。只是——”她停顿了一下，似乎是在衡量什么重大的决定。然后她叹了口气，“乐队。当你同乐队在一起时，我就已经不得不同所有的人一起分享你了。我不想我的家人也加入进来。”然后她撑不住了，哭了起来。

我所有的火气都融化了。“你这个傻瓜，”我低声说，吻了她的前额，“你不用分享我。我是你的。”

米娅做了让步。她全家人都去了音乐节。那是一个美妙的周末，二十支西北地区的乐队，目光所及一朵云彩也没有。最后的场面是极端的混乱，诞生了一只现场版的 CD，那天之后又有了一系列的音乐节。

泰迪坚持要戴消音器，所以凯特花了近一个小时在地下室里一边抱怨一边翻纸箱，终于找了出来。

米娅通常都喜欢待在后台，不过当流星乐队登台表演时，她就在舞台正面，在并不拥挤的跳舞圈里，拉着泰迪从开始跳到结束。

二十三

开始你观察我
然后你解剖我
接着你拒绝我
我在等那一天
你回来复活我。
——《赋予生命》,《间接伤害》第一首

我们的航班到达伦敦的时候,天正在下雨,所以我们俩都有回到家的感觉。当时是下午五点。我们应该晚上抵达吉尔福德,第二天晚上演出。然后开始完全自由的倒计时。米娅和我已经排出了下面三个月的行程,我在巡演路上,她也是,在这一站或者那一站休息的时候我们的行程巧合的话,就去看对方。这并非特别令人感觉愉快,可是与过去的三年相比,仍然觉得是天堂般的日子。

我们到酒店的时候已经八点多了。我要奥尔德斯给我订了跟乐队其他人同样的酒店，不只是在音乐节，巡演全程都是如此。不管他们对我离开流星乐队做何感想，住在两英里以外的地方也不能把他们最小化。我还没跟奥尔德斯或者任何人提过米娅，太不可思议了，我们竟然能这么久使她的名字免遭小报的侵害。似乎没有人知道我同她一起在亚洲过了一周。大家都在忙着谈论布瑞恩新的潜在男友——澳洲的一个演员。

乐队在前台给我们留了一张纸条，说他们在中庭参加私人宴会，也邀请我们参加。我突然感到刑期到了，在由首尔出发的十五个小时的飞行之后我最想做的是先冲个热水澡，也许明天再去找他们。可是米娅拉了我一把。“不，我们应该去。”

“你也去?”这么问我有点于心不忍。她刚在日本和韩国完成了三场紧张、精彩、反响极好的独奏音乐会，然后又飞越了大半个地球，现在就要直接跳进我的心理剧。可是如果她陪着我，那就没有什么是无法忍受的了。

“你确定?”她问，“我不想打扰。”

“相信我，如果有人打扰的话，那也是我。”

服务员把我们的行李送进房间，门房带我们去大厅。这家酒店是一座古堡，但被摇滚帮接管了，一大帮音乐人都跟我点头打招呼，可是我太紧张没有回应。门房领着我们走进灯光昏暗的中庭。乐队的人全都在，还有一张巨大的桌子摆满了英式传统自助冷餐。

利兹第一个转过身来。自从《间接伤害》的巡演开始，我们俩的关系就跟以前不一样了，可是现在她给我的表情，我不知道该怎么描述：仿佛我是她生活中最大的失望，但她正努力打起精神，把这种心情压制下去，表现得随意点，就像我不过是一名粉丝，那种总在她身边盘桓不去的人，是总想从她这里得到一些她并没有义务给予的东西的人中的一个。“亚当。”她说，略微点了一下头。

“利兹。”我小心地开口。

“嗨，傻蛋！你能来加入我们太好了！”费兹不能自制的声音里既充满了讽刺也包含着欢迎，像是他不能决定该走哪边。

麦克什么也没说。他无视我的存在。

然后我感到米娅擦着我的肩膀，从我身后走出来。“嗨，伙计们！”她说。

瞬间，利兹满脸茫然，好像她不认识米娅似的。接着她像被吓到了，像见到了鬼魂。然后我这个强大、坚韧、比男人还男人的鼓手的下唇开始打颤，接着她的整张脸都扭曲了。“米娅？”她问，声音颤抖，“米娅？”这次她问得更大声了。“米娅！”她喊着，泪水沿着她的脸庞直冲而下，她紧紧地抱住了我的女孩。

等她把米娅放开，拉着她，隔着一个手臂的距离，看着她，看看我，又看看米娅。“米娅？”是在问同时也是在回答自己的问题。然后她转向我。如果我还没有得到原谅，那么至少我已经得到了理解。

第二天雨一直在下。“我们所拥有的可爱的英伦夏天。”每个人都这样开玩笑。这已经成了我的习惯，在这样超大规模的音乐节上，我哪里都不想去，不过想到这可能是我最后一次来，至少作为参与者是最后一次了，我溜进了各个场地，在舞台侧边看了几支乐队的演出，遇到了几位老朋友，老熟人，甚至还跟几个摇滚记者聊了聊。我很小心，没有提到乐队解散的消息。会公布出来的，我让大家来决定由谁放出这个消息。然而，我还是就布瑞恩同我分手说了几句，因为不管怎样各家小报都传遍了。问及我新的神秘女伴，我只简单地说了声“无可奉告”。虽然我想把米娅隔离在圈子之外，但我知道这一切很快就会传开，就是全世界都知道我同她在一起，我也不在乎。

到晚上九点轮到我们上场的时候，雨已经变得很小了，像是在夏日最后的余光中跳舞。人群早已接受了泥泞。到处都是泥，有人开始在泥里打滚，就像伍德斯托克之类的。

开场前，乐队都很紧张。音乐节总会这样。一个比平常的音乐会更大的赌注，甚至比在体育场的演出还要紧张——音乐节有更多的人，而且人群中有同我们一样的音乐人。只是今晚，我很镇静。我的筹码已经全部兑换，不会输掉任何东西了。或许我已经输掉了它，然后又找回了它，所以将来可能失去什么，都跟舞台上的一切无关了。这也许可以解释为什么我在这里心情如此愉快，在我的老莱斯·保罗上敲打着我们的新歌，又一段起死回生的历史。我把吉他从盒子里拿出来，利兹先是没注意，后来恍然大悟。“我还以为你早把这东西扔了呢。”她说。

“是啊，我也这么想。”我回答，抛给米娅一个会心的微笑。

我们先唱了新专辑，然后开始唱《间接伤害》里的几首经典歌，之前我不知道，我们的演出接近尾声了。我向下看用胶带贴在舞台上的曲目单。利兹潦草的印刷体写着我们离开前的最后一首，必定会被要求再唱一遍的是《赋予生命》。我们的赞美诗，我们以前的制作人盖斯·艾伦这样称呼它。按照评论家的说法，它是冗长的《间接伤害》中最焦虑的一首。也许是我们一直以来最棒的一首歌。因为观众们爱唱它的和声部分，在巡演中总能引发群体兴奋。

它也是不多的几首我们可以用任意方式完成的歌之一，录下来的音轨里前面有一段小提琴独奏，但我们没有现场版。我们充满激情地演奏，我听不到人群中起伏的尖叫，脑子里却响起了她的琴声。一瞬间，我的脑海里浮现出这样的情境，只有我们两个，在某个不知名的小旅馆里，消磨时光，她在拉她的大提琴，我在弹吉他，是这首我写给她的歌。天呢，要是那样，我真会快活极了。

我以我能有的一切唱这首歌。然后我们到了和声部分：恨我。毁掉我。消灭我。再造一个我。再造我。你会吗，你会吗，你会不会再造我。

在专辑里，和声部分一遍又一遍地重复，那是刺耳的愤怒和创痛。我将麦克风反转对着观众，让他们来接管下面的重复。人群开始疯狂，唱着我的歌，嘶喊出我的哀求。

让他们唱下去，我在舞台上走了几步。乐队其他人很配合，他们继续演奏和声部分。当我走到舞台边上，我看到了她，她在那个总是让她感觉最自在的地方，在可以预见的将来，她也会从那里走出来，走到聚光灯下，而在后方的人将会是我，既便如此我也觉得很美好。

人们还在高唱，仍然在呼应我的存在，我的手随意敲打着琴弦，直到我走得够近了，看见了她的眼睛。于是我开始唱和声部分。只为她。她对我微笑，仿佛这里只有我们两个人，只有我们知道这里在发生着什么。我们正在一起重写这首正在唱的歌。它不再是对虚空的愤怒的嘶喊和哀求。在这里，在舞台上，在八万人面前，它变成了另一种事物。

这是我们新的誓言。

致　　谢

这已经是某种惯例了，作者会向他们的编辑和代理机构分别致谢。不过我想，在我的写作生涯中，在我的想象里，我的编辑朱莉·斯特拉斯-加贝尔和我的代理人萨拉·伯恩斯分别在两侧护卫我。这两位极其睿智的书的武士协同合作，密不可分地引导着我的创作。萨拉给我建议，为我鼓吹，帮助我正确地看待事物。朱莉具有极大的天赋，她给了打开我的故事的钥匙。她们两个是我的两大支柱。

不过，有谚语说，要养一个孩子需要全村之力。在朱莉这方面，这个村子包括很多人，企鹅青少年读本集团有很多乐于奉献、积极热心的人。为了能省下几棵造纸的树，我就不一一列举他们的名字了，但可以这样说，在销售、推广、公关、设计以及制作部门有几十个人，我对他们深怀感激，每一天都不例外。一定要讲出来的是，唐·韦斯伯特、劳瑞·霍尼克、丽萨·杨思柯维兹，还有艾莉森·维诺斯特，她既是宣传家，也是医疗师和朋友。

萨拉的村子在格耐特公司，包括瑞贝卡·伽德纳、洛根·盖瑞森、威尔·罗伯特，还有令人敬畏的考特尼·盖特伍德，就一个统治世界的人来说，她非常和善。

感谢艾丽萨·韦勒斯坦给我的启发,并且牺牲她很多宝贵的空闲时间帮助我理解一位年轻职业大提琴家的职业道路。谢谢琳·伊斯特斯给了我洞察力,像样地写出了米娅的痊愈和康复过程。感谢肖恩·史密斯提供了电影工业业内人士的视角(还有一百万件其他的事情)。

感谢我各个层次的读者:贾娜·巴林、塔玛拉·格伦尼、玛乔丽·英戈尔、塔马·尚赫特,还有考特尼·沙恩迈,他们总是将鼓励和批评混合得恰到好处。

感谢我其他的村民——我所居住的社区的邻居们——接纳了我的孩子并且一直支持我。伊莎贝尔·科瑞柯,还有格雷琴·索居,我永远欠你们一份情。

感谢克里斯蒂一家,为他们一直以来的大度和慷慨。

感谢我的家人,福尔曼一家、尚赫特一家,还有塔克一家,为你们的鼓舞和欢呼。特别要感谢我的姐姐,一本一本地把我的书卖遍了半个西雅图。

谢谢我的两个女儿:丹贝拉,在这本书写到一半时来到我们家,设想下她的新妈妈偶尔好像是与一位焦躁不安的二十一岁的家伙在做心灵交流,这似乎有些古怪,但这丝毫没有减弱她的热情。还有薇拉,她竟然在不经意之间,就以一个四五岁的小女孩的方式,为我提供了那么多的虚构的乐队/电影/人物的名字。也许我该多给她一些零用钱了。

感谢我的丈夫,尼克,为了你不那么温和的批评,它们迫使我更加努力。是你壮观的播放表单，将音乐带进了我的生活（也带进了书里）。是你给我讲了一支小乐队所有的细节。也是你，使我无法克制地继续写吉他手的爱情故事。

最后，谢谢我的书的销售商、图书管理员和在博客上写评论的人，是你们让这本书走得更远。